经典全译本　名家名画版

彼得·潘

[英] 詹姆斯·巴里/著

姜浦/译

北京联合出版公司

长不大的孩子　忘不了的童年

　　在伦敦西区，幽静的肯辛顿公园东北角的湖畔边，矗立着一座青铜雕像。那不是英雄伟人或者文化名人的雕像，而是一个小男孩。小男孩挥舞双臂，像是在奔跑，又像是腾空飞起。他神气活现的样子，十足像一个快乐之神。他就是彼得·潘——一个不愿长大也永不长大的孩子。彼得·潘是每个英国孩子甚至全世界孩子的最爱。创造这个童话人物的人，是英国著名的剧作家、小说家、散文家詹姆斯·巴里。

　　詹姆斯·巴里1860年出生在苏格兰的一个织布工人家庭，是全家七个孩子中最小的一个。他瘦小又羞怯，知道妈妈更喜欢大他七岁英俊、帅气、健康的哥哥戴维。但是，戴维在13岁的时候因为意外去世，从此在妈妈心里，戴维就定格成了那个永远长不大的13岁男孩。妈妈常和小巴里提起戴维，还会常常提起她自己的童年——她的母亲去世，8岁的她必须在自己的弟弟面前担当起小妈妈的角色。这是詹姆斯·巴里心中最初的彼得·潘和温迪的形象。

　　《彼得·潘》是巴里最著名的一部童话剧。巴里迁居伦敦后，住在肯辛顿公园附近，每天上下班都见一群孩子在草地上玩耍。他们用树枝盖小屋，用泥土做点心，扮演童话中的种种角色，巴里被他们的游戏吸引，也加入到其中。然后这些孩子便化作这位作家故事中的人物。

在詹姆斯·巴里的创作过程中，彼得·潘这个人物形象并不是一次就形成的。彼得·潘这个名字首次出现在1902年的小说《小白鸟》中。1904年，剧本《彼得·潘》发表后，在伦敦和纽约上演，引起巨大轰动，在当时的英国和美国迅速走红，包括马克·吐温也非常喜欢这出戏。从那时开始，观众们的热爱就从未消退。以后每上演一次，巴里就会将剧本修改一次。1906年，巴里将剧本改写成散文童话《彼得·潘在肯辛顿公园》。1911年，小说《彼得·潘》出版，又名《彼得和温迪》。从此，《彼得·潘》被译成多种文字传到国外，以彼得·潘的故事为内容的图画故事、纪念册、版画、邮票、音乐剧和迪士尼电影风行全世界。每年圣诞节，西方许多国家都在电视上播放《彼得·潘》的节目，作为献给孩子们的礼物。

《彼得·潘》之所以赢得了全世界大小读者的欢心，原因在于巴里把离奇的幻想、成年人的人生感叹，以幽默讽刺的方式编织在一个童话故事里，在这个童话故事中又创造了一个十分诱人的境界——永无岛。巴里极力渲染永无岛上儿童式的快乐，歌颂了纯真美好的童心。它像一场炫目的马戏，又像一首梦幻般的狂想曲，在这个快乐的永无岛上，有孩子们早就熟知的仙女、海盗、美人鱼，在用蘑菇当烟囱的地下之家里，大家生活得无忧无虑；彼得与海盗"大战"的情节，也鲜明地烙着儿童打仗游戏的印记。

"每个婴儿第一次笑出声来的时候，就有一位小仙子诞生，而每当一个孩子说他不再相信仙子的时候，就有一位小仙子死去……"长大成人的我们有时会希望自己是长不大的孩子，当我们如此这般动念的时候，彼得·潘就已经悄然来临。

《彼得·潘》不仅仅是一部童话作品，它为我们揭开了记忆深处的一角，让我们窥见早已遗忘的美妙童真世界。我们尽管留恋，却再也回不去。因为，我们和长大了的温迪一样，我们没有了想象的翅膀，也永远失去了自由翱翔的本领。我们无法不长大，这是无可奈何的必然。幸运的是，还有那个永远长不大的彼得·潘。他的存在，证明了人类有着周而复始、绵延不断的童年，伴随着童年的永恒的母爱以及属于每个孩子心中的理想国。

为了将这部享誉世界的经典童话以更完美的形式展现给读者，我们特别搜集著名插画大师手绘插图，推出这套经典彩插纪念版《彼得·潘》，并且特别选译了《彼得·潘在肯辛顿公园》（可看做是《彼得·潘》的前奏）作为附录收入本书，让作品更加完美。非常感谢每一位读到本书的读者朋友，你们选择的是紫图旗下少儿家教品牌奇迹童书为您精心制作的图书。我们衷心希望《彼得·潘》能陪伴每一位小读者度过充满幻想和快乐的纯真童年，尽情地享受那仅仅属于你们的欢乐；也希望这本书能唤醒大读者心中的童年记忆！

编者谨识

2012年1月

目录 | CONTENTS

编者序　长不大的孩子　忘不了的童年 5

第一章　波得·潘闯了进来 9

第二章　影子 20

第三章　走啦，走啦！ 32

第四章　飞行 53

第五章　来到了真正的岛 66

第六章　小屋子 81

第七章　地下的家 93

第八章　人鱼的礁湖 99

第九章　永无鸟 114

第十章　快乐家庭 118

第十一章　温迪的故事 126

第十二章　孩子们被抓走了 136

第十三章　你相信有仙子吗？ 141

第十四章　海盗船 152

第十五章　与胡克决一死战 163

第十六章　回家 177

第十七章　温迪长大了 189

附录　波得·潘在肯辛顿公园

第一章　彼得·潘 206

第二章　画眉的巢 220

第三章　公园关门的时候 233

第一章　彼得·潘闯了进来

　　孩子总是要长大的，也许只有一个例外。所有的孩子迟早会知道，他们肯定有长大成人的那一天。至于温迪，她是这样知道的：在她刚刚两岁的时候，有一天正在花园里玩，她摘了一朵花，开心地朝妈妈跑去。不用说，她当时那个样子一定非常讨人喜欢。于是，达林太太温柔地感叹道："你要是永远这么大，那该多好呵！"事情的简单经过就是这样。可是，从那天开始，温迪忽然就明白了，她终归是要长大的。原来，人一过两岁就会知道这一点。所以说，两岁既是个结束，也是个起点。

　　他们都住在门牌为 14 号的宅子里。在温迪出生之前，妈妈是家中的主要人物。毫无疑问，她是一个招人喜欢的太太，有点天真，还常常和别人开玩笑。她那爱幻想的脑子，就像来自神奇东方的小盒子，一个套着一个，没完没了。她那张甜甜的嘴上，总是挂着一个温迪得不到的吻。可那吻明明就在那儿，挂在右边的嘴角上。

　　达林先生是怎么赢得他太太的呢？当初，她还是一个女孩的时候，周围就有很多男孩。在他们长成大人之后，都不约而同地爱上了她。他们跑进她家，争先恐后地向她求婚。只有达林先生与众不同，他雇了一辆马车，率先赶到她家里，赢得了她的芳心。达林先生得到了她的一切，却没能得到她那些小盒子最里面的一只和那个最甜蜜的吻。他从来就不知道那只小盒子，对那个吻也渐渐地不想去求得。温迪心想，或许拿破仑能得到那个吻吧。不过，即使拿破仑试图来求吻，过后也会怒气冲冲地甩门而去。

　　达林先生常常向温迪夸口说，岳母大人不光爱他，而且十分敬重他。道理很简单，他是一个学问高深的人，懂得一般人一无所知的股票和红利。当然啦，这些事似乎谁也搞不清，只有达林先生特别内行。他老是对周围的人说，股票上涨了，红利下跌了。他说得头头是道，似乎每个听到这话的女人都得佩服他。

达林太太结婚时，穿了一身雪白的嫁衣。刚开始时，她把家里的账记得一丝不苟。她把它当成一种开心的游戏，甚至连一个小菜芽都不漏记。渐渐地，连大菜花都漏掉了，账本上出现了没有面孔的娃娃图像。在应该记账的地方，她画上了这些娃娃。她感觉到，他们快要来了。

第一个出生的是温迪，接着是约翰和迈克尔。

在温迪出生后的一两个星期里，她的父母并不肯定能养活她，因为家里又要添一张吃饭的嘴了。达林先生拥有了温迪自然得意非常，可他是个实实在在的人。他坐在太太的床沿上，握着她的手一笔一笔算账。达林太太以一种央告的神情望着他。在她看来，无论如何也得冒一冒风险。可是，达林先生并不是这样的。他拿来一支铅笔，在一张纸上算账。如果达林太太提出什么意见打搅了他，他就不得不从头算起。

"好了，你别插嘴了。"他说，"我现在身上有一镑十七先令，在办公室还有两先令六便士。办公室的咖啡可以取消，省下十先令，就有两镑九先令六便士。加上你身上的十八先令三便士，合计三镑九先令七便士。此外，我的存折上有五镑。那么，总共八镑九先令七便士——谁在那儿动？——别说话，亲爱的——还有你借给那个人的一镑——安静点，乖乖——小数点进位——瞧，到底还是让你搅乱了。问题在于，我们靠这点钱，能不能对付一年？"

"当然能，乔治。"达林太太嚷了起来。她是偏袒温迪的，可达林先生似乎更有能耐。

"别忘了腮腺炎，"达林先生带点威胁地警告她，又继续算下去，"腮腺炎算它一镑，但更大的可能要花三十先令——别说话——麻疹一镑五先令，风疹半个几尼，这就是两镑十五先令六便士——别摇手啊——百日咳，算十五先令。"他很无奈，因为每次算出的结果都不一样。不过，最后温迪还是熬了过来，腮腺炎减到十二先令六便士，两种疹子并作一次处理。

约翰出生后，也遇到类似的风波。至于迈克尔，遇到的险情就更大。不过，他在给孩子洗澡时，它十分认真。

们总算都活了下来。不久，姐弟三个就排成一行，由保姆带领，到福尔萨姆小姐的幼儿园上学去了。

达林太太是那种安于现状的人，达林先生却总喜欢与左邻右舍攀比。所以，他们也请了一位保姆。孩子们喝的牛奶很多，他们的经济状况又很窘迫，所以，这个保姆只是一条名叫娜娜的纽芬兰大狗。在达林夫妇雇用它之前，这条狗没有固定的主人。但在它眼中，孩子总是最重要的。达林一家是在肯辛顿公园里和它相遇的。娜娜常去肯辛顿公园游逛，总爱把头伸进摇篮车。那些粗心大意的保姆非常讨厌它，因为它老是跟着她们回家。在达林家，它成了一位好保姆。在给孩子洗澡时，它十分认真。深夜里，只要孩子轻轻地哭一声，它就一跃而起。它天生就拥有一种本领，知道什么样的咳嗽不可怠慢，知道什么时候该用一只袜子围住脖子。它相信老式的治疗方法，比如用大黄叶。所以，每当听到那些细菌之类的新名词时，它总会用鼻子哼一声，表示不屑。你要是看到它护送孩子上学时那种合乎礼仪的情景，肯定会大长见识。如果孩子们规规矩矩，它就悠闲地守候在他们身边。如果乱跑乱动，它就毫不客气地把他们推进行列。在约翰踢足球的日子，它会记得带上他的线衣。天要下雨的时候，它总是将雨伞衔在嘴里。在福尔萨姆的幼儿园里，有一间地下室。许多孩子的保姆就等候在那里。她们通常坐在长凳上，而娜娜则伏卧在地板上。其实，这是唯一的不同之处。但她们却认定它的社会地位比她们低贱，从不把它放在眼里。可是，娜娜才瞧不起她们那种无聊的闲聊呢。它很不欢迎达林太太的朋友们来育儿室，可要是她们真的来了，它就给迈克尔换上那件带蓝穗子的围嘴儿，把温迪的衣裙抚平，梳理一下约翰的头发。

没有一个育儿室管理得比这里更井井有条了，达林先生对此非常清楚。不过，他有时也在心里嘀咕，生怕街坊邻居会在背地里笑话他。

显而易见，他不能不考虑他在城里的那个职位。

娜娜还有一点令达林先生不安，他觉得娜娜似乎并不崇拜他。"我知道，它最喜欢你啦，乔治。"达林太太向他担保，并且示意孩子们要敬重父亲。接着，他们就跳

再也没有比他们更单纯、更快乐的家庭了。

起欢快的舞蹈。有时候，他们的另一位女仆莉莎也被允许参加跳舞。莉莎穿着长裙，戴着布帽。刚开始雇用的时候，她声称自己早就过十岁了，但显得特别矮小。孩子们多快活呀！最快活的当然是达林太太，她发狂般地飞旋，你能看到的只是她的那个吻。如果你在这时扑了过去，就能得到那一吻。可以说，再也没有比他们更单纯、更快乐的家庭了，直到彼得·潘来临。

达林太太第一次知道彼得的名字，是在她晚上清理孩子们的心思的时候。所有的好妈妈都有好习惯，就是在孩子们睡着后，揣摩他们的心思，收拾凌乱的什物，准备次日早晨需要的一切。假如孩子能醒着，就能看见妈妈做这些事。孩子会发觉，观看她做这一切是很有趣的。那情形就和整理抽屉差不多。孩子会看见她跪在那儿，很有兴味地察看所有的东西，纳闷这些乱七八糟的东西究竟是从哪儿捡到的。把一件东西贴在她脸上，就像捧着一只可爱的小猫咪；把另一件东西收起来，免得孩子看见。当孩子清早醒来时，临睡前的那些顽皮念头和恶劣脾气都给叠得小小的，压在心思的最底层。而在上面，则平平整整地摆着那些美好的念头，等着穿戴打扮起来。

你也许见过描绘人的心思的地图吧。医生有时会画一些非常特殊的地图，当然不同于你自己画的那些有趣的地图。如果你碰巧看到他们画的孩子的心思地图，你就会看到，那不光是杂乱无章，而且总是绕着圈儿。具体说来，那是一些弯弯曲曲的线条，就像体温表格那样，大概就是岛上的道路了。因为永无乡就像一个海岛，到处显示出一块块惊人的颜色。海面上露着珊瑚礁，漂着轻快的小船。岛上还住着野蛮人，自然少不了荒凉的野兽洞穴。有小土神，多半是一些裁缝。有河流流经的岩洞，有快要坍塌的茅屋。有王子和他的六个哥哥，还有长着鹰钩鼻的小老太太。如果仅仅只有这些，这张地图并不难画。但是，如果连第一天上学校、宗教、父亲、水池、针线活、谋杀案、绞刑、吃巧克力布丁、穿背带裤、数到九十九、自己拔牙奖励三便士等等都画在一张画上，那难度就非常大了。总体而言，全都是杂乱无章的。最大的特点就是：没有一样东西是静止不动的。

每个人心中的永无乡是迥然不同的。

当然啦，每个人心目中的永无乡是迥然不同的。例如，在约翰的永无乡里，有一个湖泊，湖上飞着许多红鹤，约翰想拿箭射它们。迈克尔呢，也许是年纪很小的缘故，他的画中有一只红鹤，上面飞着许多湖泊。约翰住在一条倒扣在沙滩上的船里，迈克尔却住在一个印第安人的皮棚里。至于温迪，她喜欢住在一间用树叶精心缝制的小屋里。约翰没有亲友，迈克尔在夜晚才有亲友，温迪却有一只被遗弃的小狼宝宝。不过，总的说来，他们的永无乡也有一些相似之处：就像一家人似的非常融洽。你要是这些画摆成一排，就会看到画中人物的五官面目大同小异。在神奇的海滩上，醉心于游戏的孩子们总是驾着油布小船在岸边靠岸登陆。其实，那地方，我们也曾经到过，甚至我们如今还能听到浪涛拍岸的声音，尽管我们现在已不再上岸。

在所有令人开心的小岛里，永无乡算是最舒适、最紧凑的了。换句话说，它既不太大，也不太散，从一个奇遇过渡到另一个奇遇，距离上恰到好处，密集但十分自然得当。白天，你用椅子和桌布玩小岛上的游戏时，似乎一点也不显得惊人；可是，在你昏昏欲睡前的两分钟，它就变成真的了。所以，夜里要点上灯，才能避免一些意想不到的误会。

有时候，当达林太太在孩子们的心思里悠然漫步时，会在不经意间发现一些她无法理解的东西。其中，最让她莫名其妙的，就是彼得这个名字了。她不记得周围有彼得这么一个人，可在约翰和迈克尔的心思里，他却是一个和他们一样的活生生的人。就连温迪的心思里，也写满了他的名字。这个名字的笔画似乎比别的字更加粗大，达林太太仔细观察后认定，这个名字傲气得有点古怪。

当妈妈问她的时候，温迪小声地承认说："您说得对，他是有那么点傲气。"

"可他到底是谁呀，我的宝贝？"

"他是彼得·潘，妈妈您知道的。"

最初，达林太太确实不知道他。可是，她回忆起自己的童年时光，居然一下子就想起了彼得·潘。对了，就是他！据说，他和仙人住在一起。关于他的有趣故事，那可多着呢！比如说，孩子们要是死了，在黄泉路上，他就会陪着他们走一段，免得他们恐惧。那时候，达林太太是完全相信的。可现在，已经结了婚的她自然就很怀疑，世界上是否真有这样一个人。

"再说了，"她告诉温迪，"如果到现在，他也应该长大了。"

"噢，不会的，他永远不会长大，"温迪信心十足地告诉妈妈，"他跟我一样大。"温迪的意思是说，彼得的身心都和她一样大。自然，她也不知道自己是怎么知道的，反正她知道就是了。

达林太太便和达林先生谈起这件事，达林先生微微一笑："听我的，准是娜娜对他们胡说八道，因为这是一条狗才会产生的念头。你别管它了，就当是一股风吹过。"

可是，这股风并没有过去。没有不久，这个调皮捣蛋的男孩就使达林太太吓了一大跳。

彼得坐在温迪的床脚边，为她吹笛子。

孩子们常常遇到许多奇怪的事情，却毫不觉得惊恐不安。例如，事情发生一个星期以后，他们才想起来说，他们曾在树林中遇到死去的父亲，并且和他一起玩。事实上，温迪就是这样。有一天早上，她漫不经心地说出了一件叫妈妈恐惧的事。育儿室的地板上有那么几片树叶，可前一天晚上孩子们上床时明明还没有。达林太太感觉很蹊跷，温迪却笑着说：

"这一定又是那个彼得干的！"

"你说的这话到底是什么意思，温迪？"

"嗨，他太淘气，玩完了也不扫地。"温迪叹了一口气。她是一个很讲卫生的孩子。

她煞有介事地向妈妈解释说，彼得有时会在夜里来到育儿室，坐在她的床脚边，为她吹笛子。可问题在于，她晚上睡觉从来就没有醒过，她又是如何知道这一切的呢？

"你胡说些什么，我的宝贝！不敲门的话，谁也进不了你的屋。"

"我觉得，他一定是从窗口进来的。"温迪认真地说。

"亲爱的，这里可是三层楼呵！"

"那树叶不就是在窗下吗，妈妈？"

这倒是千真万确的，树叶就是在窗口周围发现的。

达林太太真不知该说些什么了，因为在温迪看来，这一切都发生得那么自然，你总不能说她是在做梦，孩子才不会相信呢。

"我的宝贝，"妈妈喊道，"你为什么不早点告诉我？"

"我忘了！"温迪不耐烦地说，她急着要去吃早饭。

啊，她一定是在做梦。妈妈心里想。

可是，话又说回来，那些树叶是怎么回事呢？达林太太仔细研究了这些树叶，发现它们都是些枯叶。不过，她敢断定，那绝不是从树上掉下来的叶子。她用一支蜡烛照着，趴在地板上四处观察，想看看是否有生人的脚印。她用一根火棍在烟囱里乱捅，还敲了敲墙。她从窗口放下一根带子，检测到窗子的高度足有三十英尺，而且墙上就连一个可供攀登的喷水口也没有。

她研究的结论出来了：温迪一定是在做梦。

可是，温迪并不是做梦。关于这一点，第二夜就能看出来了。可以毫不夸张地说，那一夜正是孩子们非凡经历的开始。

就在我们所说的那天晚上，孩子们都上床睡觉了。那天，正好是娜娜休假的日子。达林太太挨个儿给他们洗了澡，又为他们唱了催眠曲，直到他们一个个松开她的手，进入了甜蜜的睡乡。

一切都那么宁静，那么舒适。达林太太对自己的所谓担心感到好笑。于是，她静静地坐在火炉旁，缝起一件衣裳来。

这是给迈克尔缝的衣裳，他快过生日了，那天必须穿上衬衫。炉火暖融融的，育儿室里亮着三盏夜灯。不一会儿，针线活就一次次地落到达林太太的腿上，她的头也一个劲儿地往下沉。最后，疲惫的她睡着了。瞧这家四口子，温迪和迈克尔睡那边，约翰睡这边，达林太太睡炉火旁。本来呢，应该有第四盏夜灯的。

达林太太睡着之后，做了一个奇怪的梦。她梦见永无乡居然离她很近，而且有一个陌生的男孩从那里钻出来。看到这个男孩，她并没有感到惊讶，因为她似乎在哪里曾经见过他。也许是在一些没有孩子的女人脸上见过，也许在一些已做母亲的脸上见过。反正，不是第一次看见。但在她的梦里，那孩子把遮掩着永无乡的薄幕一下子完全扯开了，她看到温迪、约翰和迈克尔由一道缝向里面张望。

这个梦本来也很平常，不值一提。可就在她做梦的时候，育儿室的窗子忽然打开了，一个男孩跳到地板上。随他而来的，还有一团奇异的光。那团光并不大，没有超出成年人的拳头。它像一个活物，在整个房间里四处乱飞。事实上，正是那团光把达林太太惊醒了。

她叫了一声，一眼就看见了那个男孩。不知为什么，她一瞬间就明白他就是彼得·潘！要是我们或温迪在现场，一定会赞叹，他真是一个很可爱的男孩，身穿用树叶和树浆做成的衣裳。可是，他最迷人的地方还是他那一口乳牙。

他看见达林太太是个大人，立刻就张开了满口珍珠般的小牙。

第二章　影子

　　达林太太见状，惊恐地尖叫了一声。紧接着，房门被撞开了，娜娜冲了进来。原来，它刚出游回来。它咆哮着，勇敢地扑向那个男孩。那个孩子也不搭理它，直接从窗口轻盈地跳了出去。达林太太忍不住又尖叫一声，因为她以为这个孩子必死无疑。她急忙跑到街上，想寻找他的尸体，却一无所获。她抬头仰望夜空，什么也看不见，只有一点亮光悄然划过，她认为那是一颗流星。

　　等到达林太太回来的时候，她发现娜娜嘴里竟然衔着一样东西！原来，是那个孩子的影子。孩子纵身跳出窗子的时候，娜娜没能捉住他，窗子就迅速地被关上了。可是，他的影子来不及出去，被娜娜一口扯了下来。

　　毫无疑问，惊魂未定的达林太太当然是仔仔细细地查看了那个影子，可那不过是一个普普通通的影子啊。

　　看起来，聪明的娜娜完全知道该怎么处理这个影子。它把影子挂在窗外，似乎是告诉主人："那孩子一定会回来取的，我们得把影子放在他容易拿到又不会惊动孩子们的地方。"

　　可惜，达林太太并不想将影子挂在窗外，因为在窗外挂上这么一个玩意儿，简直就是晾着一件湿衣裳，无疑会降低这所宅子的格调。她原本想把影子拿给达林先生看，可达林先生正聚精会神地计算着给约翰和迈克尔购置冬衣的费用。为了确保头脑清醒，他还专门把一条湿毛巾盖在头上。这时候去打搅他，实在是不好意思。而且，她也知道他会说："都怪你用狗当保姆，才会发生这么无聊的事情。"

　　于是，达林太太把影子卷成了一卷，小心翼翼地收藏在抽屉里。她想，等有机会再告诉丈夫也不迟。

　　一个星期后，机会来了。那是在一个永远难忘的星期五，当然是星期五了。

"每逢遇到星期五，我就应该格外小心。"她老是对丈夫说些事后诸葛亮的话。这时候，娜娜往往就在她身边，还轻轻地握着她的手。

"不，不是你的错，"达林先生总是说，"我应该承担全部责任。这都是我乔治·达林的错。吾之过也，吾之过也。"他接受过古典文学的教育，所以就向太太显示了一下。

于是，他们就这样一夜夜地坐着，回忆着那个可恶的星期五，直到所有的细节都深深地融进他们的大脑里。

"唉，要是那天我不去参加晚会就好了。"达林太太说。

"唉，要是那天我没把药倒在娜娜的碗里就好了。"达林先生说。

"要是那天我假装喜欢喝那药水就好了。"娜娜默默地想。

"都怪我总喜欢参加那些晚会，乔治。"

"都怪我天生就拥有的倒霉的幽默感，亲爱的。"

"都怪我太斤斤计较了，亲爱的主人。"

于是，他们就开始放声痛哭起来。

娜娜对自己说："是啊，是啊，他们不该用我这只狗当保姆的！"好几次，都是达林先生用手帕给眼泪汪汪的娜娜擦眼泪。

"那个讨厌的鬼东西！"达林先生叫道。娜娜也开始叫唤几声，算是响应他。不过，达林太太却从来没有责怪过顽皮的彼得。

就这样，他们在空荡荡的育儿室里呆坐着，一遍又一遍地回想着那可怕的夜里所发生的每一件小事。记得那天晚上，开始还是和平常一样，没什么特别的地方。娜娜倒好了迈克尔的洗澡水之后，便驮着他过去。

"我还不想睡觉呢，"迈克尔嘀咕着，他还以为是他说了算，"我不嘛，我不嘛。娜娜，还不到六点！噢，我再也不喜欢你了，娜娜。我不要洗澡，我不洗嘛！"

这时候，达林太太走了进来。她穿着白色晚礼服，早就开始穿戴打扮起了，因为温迪很喜欢看她穿晚礼服。她的脖子上戴着乔治送给她的项链，胳臂上戴着温迪

娜娜驮着迈克尔，带他去洗澡。

借给她的手镯。温迪最喜欢把自己的手镯借给妈妈戴了。

达林太太看见两个孩子正在玩游戏，假扮爸爸妈妈在温迪出世那天的情景。约翰说："我很高兴地告诉你，达林太太，你现在已经是个母亲了。"那惟妙惟肖的声调就跟达林先生真的那么说过一样。

温迪开心地跳起舞来，就像达林太太真会那么跳似的。

随后，约翰也出世了，他神气十足，格外得意，因为他是一个男孩。接着，迈克尔洗完澡进来，也要求生下他。可是，约翰却十分粗暴地说，他们不想再生了。

迈克尔差点儿没哭出来。"没有人要我！"他哭丧着脸说。这么一来，穿晚礼服的那位太太坐不住了。

"我要生，"她说，"我还想要第三个孩子。"

"是男孩还是女孩？"迈克尔不放心地问。

"男孩。"

于是，他跳进了母亲的怀里。现在，达林先生、达林太太和娜娜回想起来，这只不过是小事一件。但想到这事发生在迈克尔在育儿室的那一夜，就不是什么平常的小事了。

他们继续回忆着当天晚上的情形。

"就在那时候，我一阵旋风似的冲了进来，还记得吗？"达林先生自嘲地说，他当时确实像一阵旋风。

自然，他是情有可原的。因为他正在为赴宴而用心穿戴，开始全都顺顺当当的。可等到打领结的时候，意想不到的麻烦事就来了。说起来也好笑，这个人虽然知道股票和红利，却不会打领结。这玩意儿在有些时候，也会很听话地任他摆布。可在另一些场合，只要他能放下他的傲气，戴上一个现成的领结，全家就会太平无事了。这似乎是一种规律。

这一次，就正好碰上这么一个场合。达林先生冲进育儿室，手里捏着那个被揉得乱七八糟的小领结。

"发生什么事了，亲爱的？"

"什么事！"他狂吼道，"这个该死的领结，它不肯被系上！真是奇怪，在我的脖子上就不行，在床柱上就行！你要知道，我在床柱上系了20次都没有任何问题，可一到我脖子上就不行！"

他似乎觉得达林太太对他的话不太在意，便严厉地补充说："你听着，要是这个领结系不上我的脖子，我今天晚上就不去赴宴了。要是我今天晚上不去赴宴，我就再也不去上班了。要是我再也不去上班，我们会饿死，孩子们就要流落街头！"

达林太太见惯不惊地说："别着急，我来试试看，亲爱的。"说实话，达林先生说了那么一大堆，目的就是要她来系。于是，达林太太便用那双灵巧的手很顺利地系好了领结。这时候，孩子们围在旁边，静候着最后的安排。她不费吹灰之力就打好了领结，照说会让那些笨手笨脚的男人很不高兴。不过，达林先生可是一个宽宏大量的人，对此并不在意。他道了一声谢，立刻就怒气全消。就一眨眼的工夫，他就背着迈克尔在房里玩起来。

达林太太现在回想起来，感叹说："我们当时闹得多起劲啊！"

"唉，那可是我们最后一个开心的日子！"达林先生摇摇头说。

"啊，对了，乔治！你记不记得迈克尔当时忽然问我：'你是怎么认识我的，妈妈？'"

"我想起来了，他是这么问你的。"

"他们真是可爱啊，乔治？"

"确实很可爱，但他们现在都跑出去了。"

这时候，娜娜进来了，玩闹才告一段落。很不幸，达林先生不小心撞在娜娜的身上，裤子上沾满了狗毛。这可是一条新裤子啊，而且还是达林先生第一次穿上的背带裤。所以，万分委屈的他咬着自己的嘴唇，强忍着没有让眼泪掉下来。当达林太太给他刷毛的时候，他又念叨起"用一只狗当保姆是个错误"的老话。

"乔治，娜娜可是咱们家的一个宝啊。"

"那是当然，我完全承认。不过，我有时候也有点担心，我总觉得它把咱们的孩子当小狗看待。"

"亲爱的，我敢断定，它知道他们是有灵魂的。"

"这个很难说，"达林先生沉思着，"我很怀疑。"他的太太觉得现在是一个难得的机会，便很自然地将孩子的事原原本本地告诉他。起初，他对这个故事不以为然，一笑置之。后来，达林太太拿出影子给他看，他才不由自主地沉思起来。

"这不是我所认识的人，绝对不是！"他仔细地端详着那个影子，"不过，他看上去的确像个坏人。你还记得吗？我们正在讨论的时候，娜娜就带着迈克尔的药进来了。"达林先生转而告诫娜娜："你以后再也不能在嘴里衔药瓶了，娜娜。这全是我的错。"

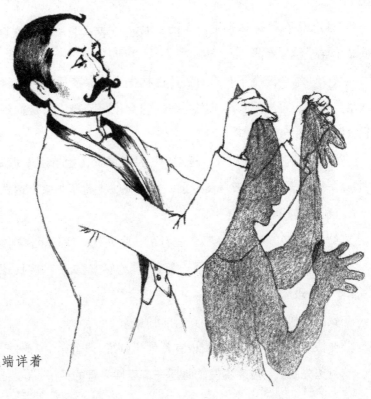

达林先生仔细地端详着
那个影子。

虽然他是一个十分坚强的人，但在吃药这个问题上，他无疑还是有点头疼的。如果要说他有什么弱点的话，那就是，他认为自己吃药从来都很勇敢。所以，当迈克尔极力躲开娜娜嘴里衔来的药时，他就责备说："你要像个男子汉，迈克尔。"

"我不嘛，不吃药嘛。"迈克尔淘气地喊。达林太太走出房间，给他拿了一块巧克力。达林先生认为，这样做对孩子的成长是不利的。

"孩子他妈，不要娇惯他！"他冲着达林太太喊，"迈克尔，你要知道，我在你这么大的时候，吃药时从来都一声也不哼，我只是说：'谢谢你们，慈爱的爸爸妈妈，谢谢你们给我药吃，我的病很快就会好的。'"

老天爷作证，他真的相信自己说的是真话。温迪这时已经穿上了睡衣，她也相信这是真话。于是，她鼓励迈克尔说："爸爸，你经常吃的那种药要比这难吃一百倍，是吧？"

"难吃得多，"达林先生一本正经地说，"要不是药瓶子弄丢了，迈克尔，我现在就做个样子给你看。"

其实，那个药瓶子并没有丢。达林先生在深夜里偷偷地将它藏在柜顶上，还常常暗自得意。可没想到，忠实而细心的女仆莉莎最终还是找到了那只药瓶子，又把它放回了梳洗台。

"我知道药瓶子在哪里，爸爸！"温迪喊道，她特别乐意做这类事情，"我这就去拿。"达林先生还没来得及阻止，她就飞快地跑了出去。达林先生一下子就变了一个人，莫名其妙地泄了气。

"约翰，你知道的，"达林先生打了一个寒战，"那东西难吃得要命！"

"没事，只要吃下去就好了，爸爸。"约翰安慰他。这时，温迪兴冲冲地跑进来，手里拿着一玻璃杯的药水。

"我跑得快不快？"她喘着气，问道。

"你快得出奇，"她爸爸彬彬有礼地讥刺说，"迈克尔先吃。"

"爸爸先吃！"迈克尔说，他是一个生性多疑的孩子。

"我要作呕的，你知道的。"达林先生开始吓唬他。

"快吃吧，爸爸。"约翰说。

"你别说话，约翰。"他爸爸厉声喝道。

温迪糊涂了："爸爸，我还以为你很容易就吃下去呢。"

"这不是问题的关键，"达林先生反驳说，"问题是，我这个杯子里的药要比迈克尔匙子里的药多得多！"他那颗高傲的心委屈得要命。

"所以，这不公平。就是我只剩最后一口气了，我也要说，这确实不公平。"

"爸爸，快点吧，我等着哩。"迈克尔冷冷地说。

"你说得好听。你等着，我也等着哩。"

"我知道了，爸爸是一个没有骨头的胆小鬼！"

"那你也是一个没骨头的胆小鬼！"

"我才不怕呢。"

"我也不怕。"

"那好吧，你先吃下去。"

"那好吧，你先吃下去。"

这时，机灵的温迪想到了一条绝妙的计策："你们干嘛不同时吃呢？"

"当然可以，我没有问题！"达林先生说，"可是，你准备好了吗，迈克尔？"

温迪数着一、二、三，迈克尔鼓足勇气吃下了药。可是，达林先生却把药藏到了背后。

迈克尔发出一声怒吼，感觉自己上了当。

"噢，爸爸！"温迪也惊叫起来。

"你这是什么意思？"达林先生质问，"别嚷嚷呀！迈克尔。我本来确实是要吃的，可是呢，我没吃成……"

三个孩子望着达林先生的眼神，真是又可怕又可怜。

"你们都来瞧吧，"娜娜刚走进浴室，达林先生就说，"我想开一个绝妙的玩笑，我会把药倒进娜娜的盆里，让它当成牛奶一样把它喝下去！"

事实上，药的颜色的确像牛奶。不过，孩子们似乎并没有爸爸的那种幽默感。他们用责怪的眼光，默默地注视着他把药倒进娜娜的盆里。

"多好玩啊。"达林先生信心不足地说。

达林太太和娜娜回到房里，可孩子们没有说出这个秘密。

"娜娜，真是好狗！"达林先生拍拍它的脑袋，"我在你的盆子里倒了一点牛奶，快去瞧瞧啊。"

娜娜摇着尾巴，欢快地跑了过去。接着，它用一种异样的眼光望了达林先生一眼，那眼里没有愤怒，却含着一滴又大又红的眼泪。接着，这条忠厚的狗一声不响地爬进了狗舍。

达林先生的心里非常羞愧，可他偏偏不敢承认这一点。可怕的沉寂之后，传来达林太太的惊呼："噢，乔治，这是你的药啊！"

"这只是一个小玩笑。"达林先生大声嚷着。明白过来的达林太太抚慰着两个男孩，温迪则懂事地搂着娜娜。

"很好，"达林先生恨恨地说，"我累死累活，为的不就是让全家人开心吗？"

温迪还在搂着娜娜。"对啦，宠着它吧！"达林先生喊道，"可谁来宠我呢？没有！我只是为你们挣钱的人，为什么要宠我呢！为什么，为什么，为什么！"

"乔治，"达林太太央求他，"小声点啊，佣人们会听到的。"不知道为什么，他们养成了一个奇怪的习惯，称莉莎为"佣人们"。

"让他们听见好啦，无所谓！"达林先生不管不顾地说，"让全世界的人都来听一听吧。我再也无法容忍那条狗主宰我们的一切，一刻也不能！我说到做到！"

孩子们听了，都恐惧地哭了。娜娜跑到达林面前摇着尾巴，向他求情，他却挥手叫它立刻就走。

他觉得自己又变成一个坚强的男子汉了。"没有用的，"他喊了起来，"要知道，你的适当位置就是在院子里。马上到院子里去，否则就把你拴起来！"

"乔治，乔治，"达林太太悄声说，"你可别忘了我告诉你的那个男孩的事。"

达林先生很不耐烦。他决心要测试一下，在这个家里，究竟谁才是真正的主人。既然命令难以把娜娜唤出狗舍，他就开始用甜言蜜语引诱它，然后一把抓住它，拖出了育儿室。他心里其实挺惭愧，可表面上他还是那么做了。说到底，他这个人生性就注重感情，更渴望得到孩子们发自内心的敬慕之情。他不顾一切地把娜娜拴在后院里，然后就在过道里坐下，用双手掩住双眼。

不久，达林太太耐心地打发孩子们上了床，并点起了夜灯。这时候，他们还听得见娜娜委屈的叫声。约翰呜咽着说："这都要怪爸爸把它拴在院子里了。"可是，温迪显然要比他知道得更多。

"这不是娜娜生气时的叫声，"她说"这是它感觉到危险时才出现的叫声！"

危险！会有什么危险呢？

"你真能肯定吗，温迪？"

"哦，当然。"

达林太太有点发抖了，她不由自主地走到了窗前。还好，窗子关得严严实实的。她又往外看，只见寂静的夜空里洒满了星星。那会儿，所有的星星似乎都注视着这所房子，好奇地想看看这里将要发生的不寻常的事情。可是，她并没有注意到这一点，更没有注意到有那么一两颗小星星正冲着她挤眼睛呢。

"唉，我真希望今晚不去参加晚会呀！"

迈克尔快睡着了，他也知道妈妈放心不下："妈妈，您放心吧！既然点了夜灯，还有什么东西能伤害我们呢？"

"没有，宝贝，"达林先生说，"快睡吧，夜灯是妈妈留下来保护你们的眼睛。"

达林太太走到每一张床前，为他们哼唱迷人的催眠曲。迈克尔伸着胳膊，搂着她的脖子："妈妈，我喜欢你。"这可是她很久以来听到他说的最后一句话。

他们要去的是 27 号，离他们家只有几码远。不过，刚才天上下过一点小雪。所以，达林先生、达林太太得小心地迈步，免得弄脏了洁净漂亮的鞋。这时候，街上

迈克尔伸着胳膊，搂着达林太太的脖子说："妈妈，我喜欢你。"

空荡荡的，只有他们两个人，满天的星星都注视着他们。星星无疑是美艳绝伦的，可它们却什么事情都不能参与，只能冷眼旁观，漠然以对。这也许是上天对它们的一种惩罚，因为它们很久以前曾经做过一些错事。至于究竟是什么错事，由于年代久远，现在已经没有一个星星知晓了。所以，那些上了年纪的星星就变得目光呆滞，而且很少说话。要知道，眨巴眼睛就是星星的特殊语言。可是，那些小星星们却还在纳闷着。它们对彼得并不友好，因为他老爱恶作剧，总是溜到它们背后，想吹灭它们。不过，今晚算是例外。它们太喜欢开玩笑了，正巴不得把大人们支开。就在达林先生、达林太太走进 27 号以后，天空就立刻热闹起来，银河里所有的星星中最小的那一颗高喊起来："来吧，彼得！"

第三章　走啦，走啦！

达林先生和达林太太离开家后，有那么一会儿工夫，三个孩子床边的夜灯还是十分明亮。那是三盏相当不错的小夜灯，它们本应当全神贯注地凝视彼得。可是，温迪的灯忽然眨了一下眼睛，打了一个大大的哈欠。这下可好，惹得另外两盏灯也接连不断地打起哈欠来。它们的嘴还没来得及闭上，三盏灯就全熄灭了。

正在这时，房里出现了一束光，简直比夜灯还要亮一千倍。就在我们说话这工夫，那束亮光已经找遍了屋子里所有的抽屉，试图搜索彼得的影子。它甚至在衣柜里乱找，把每一个衣袋都翻转过来。其实，它并不是一束亮光，只不过它飞来飞去，才变成一束亮光。可是，只要它停下来哪怕一秒钟，你就会看见一位仙女，身高不及你的手掌长，却能够不断地往大里长。她是一个女孩，名叫叮克铃，全身裹着一片精致的干树叶，领口裁成方形，裁得很低，恰到好处地显露出优美的身段。不过，美中不足是她稍微有点发福。

仙女进来之后不久，窗子就被小星星的气息轻轻地吹开了，顽皮的彼得跳了进来。他刚才带着叮克铃飞了一段路程，手上还沾着不少仙尘呢。

他确认孩子们已经睡着之后，就轻轻地唤道："叮克铃，你在哪儿？"这时候，叮克铃正在一只罐子里呢。她很满意这个地方，因为她还从来没有在一只罐子里待过。

"噢，你快从罐子里出来吧。告诉我，他们到底把我的影子藏哪儿啦？真是急死人了。"

一个最可爱的叮叮声，像金铃般地回答了他。毫无疑问，这是仙子的语言，普通的孩子是根本听不到的。可是，如果你有幸听到了，你就会永远难忘。叮克铃告诉他说，影子就在那只大箱子里，她所说的大箱子正是那只带抽屉的柜子。彼得立刻蹦到抽屉前，双手抓起里面的东西，像天女散花般撒在地板上。不用说，没多久，他就找到了自己的影子。他开心极了，忘了叮克铃还被关在抽屉里。

假如他真有思想的话——不过他应该从来就不曾思想过——他肯定会想，他和自己的影子一挨近，就会像两滴水融合在一起。可是，居然没有成功！这可把他吓坏了。他跑到浴室里，用肥皂使劲地粘，但也失败了。彼得浑身发抖，坐在地板上伤心地哭了起来。

彼得的哭声惊醒了熟睡中的温迪，她在床上坐了起来。看到一个生人坐在地上哭，她一点也不惊讶，反而觉得有趣。

"孩子，"她客气地说，"你为什么哭呢？"

彼得也很懂礼貌，因为他曾在仙子的盛会上学会了不少优雅的礼节。他止住哭，站起身，向温迪鞠了一躬。温迪非常高兴，也在床上回了一躬。

"你叫什么名字？"彼得问。

"我叫温迪·莫伊拉·安琪拉·达林，"她有点得意，"告诉我，你叫什么名字？"

彼得想用肥皂将影子和自己
粘起来，但没有成功。

她是一个女孩，名叫叮克铃，
全身裹着一片精致的干树叶，领口
裁成方形，裁得很低，恰到好处地
显露出优美的身段。

"彼得·潘。"

温迪早就断定，他就是彼得。不过，遗憾的是，这个名字可真够短的。

"就这个吗？"

"就这个。"彼得点点头，他平生第一次觉得自己的名字确实短了点。

"真是可惜。"温迪说。

"这也没啥。"彼得满不在乎。

温迪又问他住在哪儿。

"右手第二条路，"彼得说，"然后一直向前走，直到天亮。"

"你这地址真滑稽！到底是哪里啊？"

彼得的哭声惊醒了熟睡中的温迪。

彼得似乎有点泄气了，因为他头一回觉得这地名真的有点滑稽。

"其实，并不滑稽。"他说。

"你不明白，我的意思是说，"温迪想起了她是女主人，便和气地说，"难道他们在信封上就这么写吗？"

彼得才不想和她讨论什么写信的事呢。

"我从不收信。"他轻蔑地说。

"可是，你的妈妈总要收信吧？"

"我妈妈？我没妈。"彼得不但没有妈妈，而且压根儿也不想要一个妈妈。他觉得，这些小孩子把妈妈看得太重了。

但是，温迪却以为自己发现了新大陆。

"原来如此！彼得，怪不得你要哭了。"她说，跳下床，跑到他跟前。

"我哭，才不是因为妈妈呢，"彼得显得愤愤不平，"我没法把影子和我自己粘在一起，这可怎么办好啊？"

"你的影子掉了吗？"

"是的。"

这时候，温迪看见了地板上的那个影子，脏兮兮的。"真糟糕！"她很替彼得难过。可是，当她看到彼得试图用肥皂去粘时，又忍不住哈哈大笑起来。这种事只有小子才干得出来！

她多聪明啊，立刻就想到了对策。"你知道吗？得用针线缝！"她带点教训的口气说。

"什么叫缝？"彼得莫名其妙。

"你真笨得要命。"

"我才不笨呢。"

不过，温迪喜欢的正是他的笨。"我说小家伙，让我来给你缝吧。"她说，虽然彼得其实和她一样高。于是，她找出了针线盒，开始把影子往彼得的脚上缝。

"我得提醒你，会有点儿疼的。"她警告说。

"没事，我一定不会哭。"彼得说。他刚才还哭过，可这会儿就以为他这辈子从来没哭过。果然，他忍着痛，一点也没哭。不一会儿，影子就缝好了，但还是有点皱。

"也许，我应该把它熨一熨才平整。"温迪考虑得十分周到。可是，彼得就像一个男孩一样，一点也不在乎外表。他欣喜若狂，满屋子乱跳。他似乎忘记了快乐是温迪赐给的，还以为影子是自己粘上的呢。"我真聪明，"他开心地大叫起来，"我多机灵！"

说真的，彼得的骄傲自大正是他招人喜欢的地方。当然，要想承认这一点，还是让人有点难堪的。老实说，还从来没有一个孩子像彼得这样爱翘尾巴。

不过，温迪可惊骇得很。"你简直是个自大狂，"她讥诮地叫道，"当然，我什么也没干，全是你自己的功劳！"

"你干了一点点。"彼得心不在焉地说，继续跳着奇怪的舞。

"只有一点点啊！"温迪高傲地说，"既然我出不了什么力，至少可以退出吧。"她神气十足地跳上床，用毯子蒙上了自己的脸。

彼得假装要离开，来引温迪抬头，可这一招并不管用。于是，他坐在床尾，用脚轻轻地踢她。"我说温迪，"他开始认错，"你别退出呀。我承认，我一高兴，就要翘尾巴。"温迪还是一动不动，虽然她在认真地听。"温迪，"彼得继续说，他说话的声调是任何一个女孩都无法抗拒的，"听我说，一个女孩要比 20 个男孩都顶用。"

温迪从头到脚都是一个女孩，尽管她很矮。于是，她忍不住从床单底下探出头来。

"你真的这么想吗，彼得？"

"是的，我真就这么想。"

"你实在太可爱了，"温迪说，"那我就起来了。"

于是，她和彼得并排坐在床沿上，开始聊天。她还说，如果他不反对的话，她

温迪拿出针线，开始把影子往彼得的脚上缝。

彼得很早以前就逃到肯辛顿公园，
和仙子们住在一起。

想给他一个吻。可是，彼得一点也不明白她的意思，只是茫然地伸出手来。

"你知道什么叫吻吗？"温迪有点吃惊。

"你把吻给我，我就会知道了。"彼得回答。温迪不想伤他的心，就给了他一只顶针。

"那么，现在，"彼得说，"要不要我也给你一个吻？"温迪有点拘谨："那，就请吧。"她把脸颊凑过去，似乎在讨好他。可是，彼得只把一粒橡子放在她手里。于是，温迪尴尬地把脸慢慢地退回原处。接着，她又说会把他的吻拴在项链上，戴在脖子上。

她没有说假话，果真把橡子挂在项链上。到了后来，这东西还真救了她的命呢。

人们在彼此认识之后，通常会互问年龄。所以，做事永远正确的温迪就问彼得，他多大年龄。这话问得可真够别扭的，让彼得不知所云。

"年龄？我不知道啊，"彼得不安地回答，"反正我还小。"他是真的不知道，他只能凭借猜想。于是，他揣摩了一下，对她说："我生下来的那一天，就逃跑了。"

温迪很惊讶，又挺感兴趣。她用优美的待客礼貌碰了碰自己的睡衣，表示他可以坐得更近些。

"我曾经听见父母谈论过，"彼得解释说，"我将来会成为一个什么样的人。"说到这里，他激动起来："我才不想长成大人呢！我要永远做小孩，这样就能老是玩了。所以，我很早很早以前就逃到肯辛顿公园，和仙子们住在一起。"

温迪万分羡慕地看了他一眼。彼得以为，温迪是羡慕他从家里逃跑了。其实，温迪是羡慕他认识仙子。

在温迪看来，她的家庭生活实在太平淡了。所以，能和仙子们来往，她觉得一定非常有趣。她提出许多有关仙子的问题，让彼得很惊讶。在他看来，仙子们简直就是累赘，因为她们常常妨碍他做事。实际上，他有时还得极力躲开她们。不过，大体而言，他还是喜欢她们的。

于是，他便告诉温迪仙子们的由来："你要知道，温迪，第一个婴孩第一次笑出声的时候，那一声笑就会裂成一千块。这些笑会四处乱蹦，仙子们就是这么来的。"

这话太无聊了。不过，温迪很少走出家门，对这种话也很感兴趣。

"所以，"彼得接着说下去，"每一个男孩和女孩的身边都应该有一个仙子。"

"应该有？是真的有吗？那可太好了！"

"孩子们现在懂得的东西太多了，反而不相信仙子的存在了。每当一个孩子说'我不信仙子'的时候，就会有一个仙子在什么地方落下来死掉了。"

这时，彼得觉得他们谈论仙子已经很久了，便忽然想起叮克铃来。"这么久都没出声，也不知道她上哪儿了。"彼得自言自语道。他站起身，叫着叮克铃的名字。温迪心里打了个激灵，猛地跳了起来。

"彼得，"她紧紧抓住他，"这屋里难道真有一个仙子？"

"她刚才还在这儿，"彼得有点不耐烦，"你大概听不见她的声音吧？"他们两个都凝神静听着。

"我只听见一个奇怪的声音，"温迪说，"就像是叮叮的铃声。"

"这就对了，她叫叮克铃，这个仙子在讲话呢。我也听到了。"

声音是从抽屉柜里发出来的，彼得的脸上乐开了花。事实上，还没有人能拥有比彼得更开心的笑脸。最可爱的当然是他那咯咯的笑声，因为他还保留着他的第一声笑。

"温迪，如果我说得没错的话，"彼得快活极了，"我刚才准是把她关在抽屉里了！"

他立刻打开抽屉，把可怜的叮克铃放了出来。叮克铃满屋乱飞，怒不可遏。"你别这样，"彼得解释说，"我很抱歉，可我并不知道你在抽屉里呀！"

温迪没听他说什么，只是对这个仙子产生了兴趣："彼得，要是她停下来，我就能看清楚她的模样了！"

"这可不容易，仙子难得停住。"彼得说。可是，有那么一瞬间，温迪看见了那个仙子落在一座杜鹃钟上。"多可爱呀！"她喊道。

"叮克铃，"彼得和气地说，"这位姑娘说，她很希望你做她的仙子。"

还在气头上的叮克铃说了几句话，似乎很粗暴。

"她到底说什么，彼得？"温迪问。

彼得只好翻译："你别介意，她不大懂礼貌。她说你是一个丑陋的大女孩，还说她只能是我的仙子。"

彼得转身和叮克铃辩论："你知道，你不能做我的仙子，叮克铃。道理很简单，因为我是一位男士，而你是一位女士。"

叮克铃轻蔑地回答说："你这个笨蛋！"她飞到浴室里，一下子就不见了。

"她只是一个普通的仙子，"彼得充满了歉意，"她叫叮克铃，就是补锅匠的意思。她总是做些补锅补壶的事。"

这时，它们正坐在一张扶手椅上。温迪又问了彼得许多问题。

"你现在还住在肯辛顿公园里吗？"

"有时还住那儿。"

"那你平时住在哪儿？"

"跟那些遗失的男孩们住在一起。"

"他们是谁？"

"他们都是在保姆四处张望时，从童车里掉出来的孩子。如果过了七天还没人认领，他们就会被送到永无乡去，以便节省开支。告诉你，我是他们的队长。"

"那该多好玩啊！"

"还行吧，"彼得说，"不过，我们怪寂寞的，因为我们当中没有女孩。"

"那些孩子里也没有女孩吗？"

"当然没有啊。女孩太机灵，不会从童车里掉出来的。"

这句话说得温迪美滋滋的。"我觉得，"她说，"当你说起有关女孩的这些话时，说得真是太好了。你不像那个约翰，他总是瞧不起我们女孩。"

彼得听了，很生气。他没有回答，而是一脚就把约翰连毯子踹下床来。温迪觉得，他的这个见面方式似乎太莽撞了一点。她气冲冲地提醒彼得，他在这所屋子里并不是队长。可是，约翰滚到地板上，仍旧睡得很安稳。

"我知道你是好意，"温迪解释说，"你可以给我一个吻。"

温迪已经忘了，彼得根本就不懂得什么叫吻。

"刚才我就想到，你迟早会把它要回去的。"彼得伤心地说，便把顶针还给她。

"我不是这个意思，"温迪说，"我说的不是吻，我说的是顶针。"

"那什么叫顶针？"

"就像这样！"温迪吻了他一下。

"真有意思啊！"彼得严肃地说，"那我也给你一个顶针吧！"

"好啊，如果你也愿意的话。"温迪说。这一回，她把头摆得很正。

于是，彼得就给了她一个顶针。差不多就在同时，她尖叫起来。

"怎么回事，温迪？"彼得急切地问。

"好像有人在揪我的头发。"

"那准是叮克铃干的。我以前还真没注意，她原来那么淘气。"

果然，叮克铃在屋子里飞来飞去，嘴里还骂骂咧咧的。

"她刚才说，每次我给你一个顶针的时候，她就会这样整你。"

"为什么呢？"温迪问彼得。

"为什么呢？"彼得问叮克铃。

叮克铃又一次回答说："你这个笨蛋！"

彼得还是不明白，可温迪总算明白了。彼得承认，他之所以来到育儿室的窗口，并不是来看温迪的，而是来听故事的。这句实话使温迪有点失望。

"你要知道，我很少听过故事。那些丢失的孩子都不会讲故事。"

"那可太糟了。"温迪说。

"你知道燕子为什么要在房檐下筑窝？"彼得问，"就是为了听人讲故事！温迪，你妈妈那天讲的那个故事多好听啊。"

"你说的是哪个故事？"

"就是讲那个王子找不到穿玻璃鞋的那个姑娘。"

"彼得，"温迪兴奋地说，"你说的那是灰姑娘的故事！后来，王子还是找到她了，他们就永远幸福地住在一起。"

彼得一听，高兴极了，立刻从地板上跳起来，急匆匆地奔向窗口。"你去哪里？"温迪感到很奇怪。

"我要去告诉那些男孩！"

"别走啊，彼得，"温迪恳求道，"我还知道好多好多的故事呢。"

千真万确，彼得没有听错，她确实是这么说的，目的就是挽留他。

彼得动心了，眼里流露出惊喜的神情。这本来会使温迪感到惊骇，可她现在并没有任何惊骇的神情。

"没错，我有很多有趣的故事可以讲给那些孩子们听！"温迪说。

彼得二话不说，立刻抓住她，把她拖向窗口。

"放开我呀！"温迪命令他。

"温迪，你跟我来吧，把你的那些有趣的故事讲给那些孩子听。"

她当然很乐意受到邀请，可她说："我不能去呀。妈妈回来看不见我，她该着急的！再说，我也不会飞呀！"

"那绝对不是一个问题，我教你好了。"

"真的吗？我也能飞？那该多有意思呀。"

"我会教你怎样跳上风的背，你学会了，我们就可以走了。"

"太好了！"温迪欣喜若狂。

"我说温迪，你何必傻乎乎地躺在床上睡大觉呢？你完全可以和我一起飞，跟星星们说些有趣的话。"

"哈哈哈，真的吗？"

"而且，温迪，还有人鱼哩，你肯定没有见过的。"

"人鱼？是长着尾巴的那种吗？"

"是的，尾巴老长老长的。"

"啊，是这样啊，"温迪大叫起来，"我马上要去看人鱼！"

彼得可是很狡猾的。"温迪，你听我说，"他说，"我们会很尊敬你的。"

温迪似乎有点苦恼，就像她拼命要让自己留在育儿室一样。

可是，彼得才不可怜她呢。

"温迪，"狡猾的彼得说，"晚上睡觉时，你的任务就是给我掖好被子。"

"啊！"

"你要知道，还从来没有人在晚上给我们掖好过被子呢。"

"哎呀。"温迪无话可说了，便向他伸出两臂。

"另外，你还可以给我们补衣裳，给我们缝衣兜。你知道吗？我们都没有衣兜的。"这叫她如何抗拒得了呢？"这真是太有趣了，我很喜欢！"她喊道，"彼得，你也能教约翰和迈克尔飞吗？"

"这个么，随你的便好了。"彼得满不在乎地说。

于是，温迪立刻跑到约翰和迈克尔床前，将他们摇晃。"醒醒呀，"她喊，"彼得·潘来了，他会教我们飞！"

约翰揉着惺忪的睡眼："飞？那我就起来吧。"其实，他已经站在地上了。

这时，迈克尔也起来了，他兴奋得就像一把带六刃一锯的刀，简直难以抑制。可是，彼得打了一个手势，告诫他们千万别出声，就像平时聆听大人的教训那样，他们立刻露出乖巧的神色，全都屏住气，不敢出声。好啦，现在所有的事情都顺当啦。不对，等一等！娜娜整夜都在不停地叫唤，这时候为什么却不出声了，他们感觉它太沉默了。

"灭灯！藏起来！赶快！"约翰喊道。实际上，在整个冒险行动中，这是他唯一一次发号施令。于是，在莉莎牵着娜娜进屋的时候，育儿室又恢复了原样，房里一片漆黑，也没有特别的声响。能听到的，只是三个淘气的小家伙睡觉时发出的甜美的呼吸声。其实，他们是躲在窗帘后面巧妙地伪装出这些声音的。

莉莎心里有点生气，因为她本来在厨房里做圣诞节布丁，娜娜却满脸的疑惧神情。她有点担心，不得不丢下布丁，走了出来，脸上还沾着一粒葡萄干。她想，要得到真正的清静，最好的办法是领着娜娜去育儿室看看，免得它烦躁不安，谎报军情。

"你现在瞧好了，你这个愚蠢的小畜生，"她斥责道，一点也不顾及娜娜的面子，"他们不都安全得很吗？三个小天使正在床上睡得香甜呢。你自己听一听他们美妙的呼吸吧。"

迈克尔看到自己装睡居然成功了，劲头就更足了。他大声呼吸起来，声音大得差点儿被识破了。其实，娜娜已经分辨出那种虚假的呼吸声，它极力想挣脱莉莎的手。

可是，莉莎却自以为是。"少来这一套，娜娜，老实点！"她严厉地说，把娜娜拽出了房间，"我再次警告你，你要再乱叫，我马上就把先生太太从晚会上请回家。那时候，主人不拿鞭子抽你一顿才怪呢。"

她把这只忠心而又倒霉的狗拴了起来。可是，尽职尽责的娜娜是不会停止叫唤的。把先生太太从晚会上请回家，那是它求之不得的事！只要孩子们平安无事，它才不会在乎挨顿鞭子呢。

不幸的是，莉莎又去做布丁了。娜娜无法得到她的帮助，便拼命地挣断了锁链。转眼之间，它就冲进27号公馆的餐厅，两只前掌向上举起，这是不会说人话的它表达危险意思的特殊举动。达林先生、达林太太大惊失色，知道家里发生了可怕的事。他们没来得及和主人告别，就冲到街上。

现在，离三个小家伙藏在窗帘后，已有足足十分钟了。

十分钟的时间，彼得·潘当然可以做许多事。

回过头来讲讲育儿室的事。

"现在安全了，"约翰宣布说，"我说彼得，你真的能飞吗？"

彼得懒得回答他的问题，只是绕着房间轻快地飞了起来，顺手拿起了那个壁炉架。

"真是太棒了！"约翰和迈克尔说。

"妙极了！"温迪喊道。

"是啊，我简直就是一个神仙啊！"彼得开始得意忘形了。

看到彼得在飞，羡慕无比的他们先在地板上试，后在床上试，可就是老往下坠，没法往上升。

"你到底是怎么飞起来的？"约翰揉着摔痛的膝盖。他是个挺实在的男孩。

"很简单，你只需要想一些美妙的念头，"彼得解释说，"这些念头就自然会把你

彼得飞起来了，孩子们十分羡慕。

升到半空中。"

见他们有些疑惑，彼得又给他们作示范。

"你做得太快了，我看不清，"约翰说，"你能不能做慢一些？"

彼得只好将慢的、快的都示范了一遍。

"我学会了！"约翰喊道，可他马上就明白，他还是没有学会。他们三个都没有学会，飞一寸远也不成。其实，就识字来说，迈克尔已能认两个音节的字了，而彼得却一个字母也不认得。

当然，彼得确实是在和他们逗乐子，想看他们出丑。如果身上没有仙尘，谁也飞不上天。好在我们前面说过，彼得的一只手上沾满了仙尘。看到他们精疲力竭，他这才在每人身上吹了一点仙尘。果然，这个效果是立竿见影的。

"现在，你们像我一样轻轻扭动肩膀，"他命令说，"全体起飞！"

他们都站在床上，勇敢的迈克尔抢先起飞。他没打算飞得太猛，却控制不住，一下子就飞到了另一个房间。

"我飞起来了！"他飞到半空中，就开心地尖叫起来。

约翰也飞起来了，在浴室附近，遇到了飞行中的温迪。

"啊，太美啦！"

"啊，太棒啦！"

"瞧我！"

"瞧我！"

严格说来，他们都没有彼得飞得那么优雅，因为他们的腿总要蹒跚几下才能飞起来，脑袋一下又一下地碰到了天花板。尽管很疼，但这毕竟是妙不可言的。看到他们对飞行技术掌握得还不够娴熟，彼得就想伸手去搀温迪一把，马上又缩了回来，因为叮克铃怒不可遏地狂叫了几声。

他们上上下下、一圈又一圈地飞着，开心极了，简直就在梦中一样。

"我说，"约翰嚷道，"我们为什么不飞出去呀！这屋子太小了。"

这个提议正中彼得的下怀，他正想说服他们出去呢。

迈克尔完全准备好了，他说他要看看飞十亿里需要多长时间。可是，温迪还在犹豫之中。

"想去看人鱼吗？"彼得说。

"啊，当然！"

"我告诉你们，还有海盗呢。"

"海盗啊，"约翰喊道，一把抓起他那顶礼拜天才戴的帽子，"我们立刻出发吧。"

就在这时候，达林先生、达林太太带着娜娜冲出了 27 号大门。

他们赶到街心，抬头望着育儿室的窗子。还好，窗子关着。可是，屋里却灯火通明！最让他们恐惧的是，他们分明看见窗帘上映出三个穿睡衣的小身影，绕着房间，在半空中不停地转圈儿。

不对，不是三个身影，是四个！

他们慌慌张张地推开了房门。达林先生要冲上楼，达林太太立刻向他打手势，要他放轻脚步。她自己也尽量镇定下来，努力让自己的心跳得轻一些。

你肯定会问，他们还来得及吗？要是能及时赶到，他们该多高兴啊，我们也会松一大口气。可真要是那样，故事也就结束了。反过来，如果他们来不及，我也郑重地向大家保证，不用担心，最后的结局还是圆满的。

本来呢，他们是来得及赶到育儿室的。不过，他们并不清楚，星星们一直在监视他们。星星们又一次吹开窗子，最小的那颗星喊叫道：

"彼得，快逃呀！"

彼得知道，不能再耽误了。

"来吧，跟我飞出去！"他命令道，立即飞进了夜空。约翰、迈克尔和温迪紧随其后。

几秒钟后，达林先生、达林太太和娜娜冲进了育儿室。可是，他们来晚了，鸟儿们已经飞走了。

他们上上下下、一圈又一圈地飞着，开心极了，简直就在梦中一样。

在彼得的带领下，孩子们飞进了夜空。

达林先生、达林太太和娜娜冲进了育儿室，可孩子们已经飞走了。

第四章　飞行

"看清楚啊，顺着右手第二条路，一直向前，直到天亮。"

这就是彼得曾经告诉温迪的前往永无乡的路线。但实际上，即使是鸟儿带着地图，严格按照他的每一步指示，也是没法找到的。要知道，彼得是信口乱说的。

开始时，他的同伴们对他深信不疑。飞行真的很有趣，他们绕着礼拜堂的塔尖，或者沿着其他好玩的高耸的东西，尽情地飞着。

约翰和迈克尔展开了比赛，看谁飞得快。结果呢，迈克尔领先了。

回想起刚才他们绕着房间飞就自封为英雄好汉，现在觉得实在可笑。

可是，到底还要飞多久呢？当他们飞过一片海以后，这个问题开始让温迪心神不定了。约翰说，他记得这是他们飞过的第二片海和第三夜。

飞行中，有时天很黑，有时又很亮；有时很冷，有时又很热。也不知道他们是真饿还是假饿，一个个都开始叫嚷着要吃东西了。彼得多聪明呀，他告诉他们一种新鲜有趣的方法。他们开始追逐那些嘴里衔着人能吃的东西的飞鸟，追上后，从它们嘴里夺过食物。这些鸟儿追了上来，又夺了回去。就这样，他们开心地追来追去，玩得很尽兴。最后，他们之间就依依不舍地分手了。但是，温迪发现彼得并不觉得这种

迈克尔真的困了，一打盹就开始往下坠。

方法多么不合常理，也不知道其他的觅食办法。

后来，他们想睡觉了。这可不是装出来的，因为他们是真的困了。这是很危险的事情，只要一打盹，他们就直往下坠。可是，顽皮的彼得却非常开心。

迈克尔往下坠时，彼得竟兴奋地宣布："瞧啊，他又掉下去了！"

"救救他呀，救救他呀！"温迪大叫，原来下面是一片汹涌的大海，她吓坏了。就在迈克尔快要掉进海里的一刹那，彼得一个俯冲下去，抓住了可怜的迈克尔。你得承认，他这一手真够漂亮的！可是，他总要等到最后危急关头才使出这一招，让人觉得，他这是在显示他的高强本领，而不是在救人。而且他喜欢变换花样，这一阵玩一种游戏，玩腻了就换一种。所以，当你下一次再往下坠时，他很可能就不管你了。

孩子们跟着彼得，尽情地飞着。

孩子们开始追逐那些飞鸟，从它们嘴里夺过食物。

彼得自己能在空中睡觉而绝对不会往下坠，他仰卧着就能在空中漂浮。究其原因，其中之一就是他的身子特别轻。如果做个试验，只要你在他身后吹一口气，他就会漂得更快。

接下来，在玩"跟上头头"的游戏时，温迪悄悄地对约翰说："你得对他客气些。"

"谁叫他显摆？"约翰有点不服气。

原来，在玩"跟上头头"这个游戏时，彼得贴着水面飞行，一边飞，一边摸鲨鱼的尾巴。毫无疑问，这一手是他们学不来的。他确实是在显摆，还老是回头张望，看他们漏下了多少鲨鱼尾巴。

"你们都得对他好好的，"温迪警告弟弟们说，"要是惹怒了他，他把我们扔下不管了，我们怎么办？"

"没事，我们可以回去呀。"迈克尔说。

"如果没有他，我们当中，谁认得回去的路呢？"

"那么，我们可以往前飞。"约翰说。

"那就糟了，约翰。我们现在只知道往前飞，还不知道怎样停下来。"

这可是真的，彼得忘了告诉他们怎样停下来，他们也没有来得及问他。

约翰想了想说，干脆一个劲儿往前飞就行了，因为地球是圆的，总能飞到自家的窗口。

"可问题在于，谁给我们找吃的呢？"

"我们可以从那只鹰嘴里夺下一小块食来，温迪。"

"那是你夺了 20 次才弄到的，"温迪提醒他说，"就算我们能得到食物，要是他不在旁边照应，我们很可能会撞上浮云什么的。"

真的，他们老是撞上各种各样的东西。他们现在飞得十分有力，只不过两腿还踢蹬得多了些。看见前面出现一团云，他们越想躲开它，就越会撞上它。

彼得已没和他们一起飞了，他们觉得非常寂寞。

他飞得比他们快多了，他突然蹿到别处不见了，又会大笑着飞回来。问他笑什么，他说一颗星星说了一个逗得要命的笑话，可惜他已经忘了那是什么笑话。

　　有时，他身上还沾着人鱼的鳞片，可他自己也说不清究竟发生过什么。从未见过人鱼的孩子们，既羡慕他，又有点厌恶他。

　　"如果他记性这么差，"温迪推论说，"他难道就不会忘记我们，独自玩耍去了？"

　　真的，有时他飞回来时就不认得他们了，至少也是认不太清楚了。温迪知道，一定会这样的。白天，他从他们身边飞过时，温迪看见他眼里露出认出来的神情，但又有点疑惑。有一次，她不得不告诉他自己的名字。

　　"我是温迪，还记得我吗？"她着急地叫道。

彼得贴着水面飞行，一边飞，一边摸鲨鱼的尾巴。

"很抱歉，温迪，"他对她说，"如果你看到我把你忘了，你只要说'我是温迪'，我就会想起来的。"

当然，这么说确实很难让他们满意。为了弥补这个过失，他开始教他们怎样平躺在狂风上。这个办法太实用了，他们试了几次，就能稳稳当当地睡觉了。他们想多睡一会儿，可彼得早就睡腻了。他用队长的口气，发布了命令："我们要在这儿下来！"一路上，尽管有一些小争小吵，可总的来说还是欢快的。最后，他们终于飞近永无乡了。前后飞了好几个月，他们真的飞到了。他们一直朝它飞去，这和彼得与叮克铃带路并没有太大的关系，而是因为那些岛正在眺望他们。只有这样，一个人才能看见神奇的彼岸。

"就在那儿。"彼得说。

"在哪儿，在哪儿？"

"就是所有的箭头指着的地方。"

真的，有一百万支金箭指明了岛的准确位置。那些箭，都是他们的朋友——太阳射出来的。在黑夜到来之前，太阳要让他们认清自己的路。

温迪、约翰和迈克尔不由自主地在空中踮起了脚尖，急于见到这个传说中的岛。说来也真奇怪，他们居然一下子就认出来了。他们没有丝毫害怕，冲着它就大声欢呼起来。他们觉得，那岛并不像梦想已久而终于看到的东西，反而像是放假回家就可以看到的老相识。

"约翰，那儿是礁湖。"

"温迪，瞧那些乌龟，它们正在往沙里埋蛋呢。"

"约翰，我看见你那只断腿的红鹤了！"

"瞧，迈克尔，那是你的那个岩洞！"

"约翰，小树丛里有什么？"

"那是一只狼，带着小狼崽。温迪，我相信，它应该就是你的那只小狼。"

"那边是不是我的小船，约翰？你看，船舷都破了。"

在太阳的一百万支金箭的指引下，永无乡终
于进入孩子们的视野。

"那不是。你的船已经被我们烧掉了。"

"就是那只船。约翰，印第安人营寨里冒出好多烟！"

"在哪儿？快告诉我。只要看到烟怎么弯，我就能告诉你他们会不会打仗。"

"就在那儿，旁边还有一条神秘河。"

"我看见了，他们正在准备打仗。"

他们竟然懂得这么多，彼得心里有点恼火。如果他想在他们面前逞能，他很快就会得手。我不是告诉过你们，他们没多久就会害怕吗？

在金箭瞬间消失、那个岛变得黑暗时，一种恐惧攫住了他们的心。

在家的时候，每到临睡时，永无乡就变得黑魆魆的，十分吓人。这时，岛上就现出了一些人迹罕至的荒凉地带，而且不断地向四周扩展开来。那里晃动着一些黑影，传来吃人的野兽的吼声。尤其在你失去胜利的信心时，这种感觉更加明显。夜灯拿进来了，你会觉得挺高兴。这时候，你甚至很乐意听从娜娜的劝告：这只是壁炉，永无乡完全是他们想象出来的。

毫无疑问，在家的时候，永无乡是想象出来的。可现在呢，它可是千真万确的！夜灯没有了，天越来越黑，那个该死的娜娜又在哪儿呢？

他们本来是散开飞行的，现在都聚在彼得身边。彼得的脸上不再有满不在乎的神态，他的眼睛闪烁着光芒。他们正在那个可怕的岛上飞，高度很低，树梢有时会擦着他们的脚。空中其实并没有什么阴森恐怖的东西，可他们却越飞越慢，越飞越吃力。有时，他们会停在半空中动弹不得。彼得必须用拳头敲打他们后，它们才能再次飞起来。

"他们不想让我们着陆。"彼得简单地解释说。

"你说的他们到底是谁？"温迪问，忍不住打了一个寒战。

可是，彼得不知道该怎么说，也许是他不愿意说。叮克铃在他肩上睡着了，他就把她叫醒，让她在前面飞。

有时，他会在空中停下来，聆听周围的动静。随后，他又往下看，眼光亮得像

60

要在地面钻两个洞。然后，他又继续向前飞。

彼得的胆量确实让人吃惊。"你们是想去冒险呢，"他对约翰说，"还是想先吃茶点？"

温迪很快地说："先吃茶点。"迈克尔感激地捏了捏她的手。

可是，勇敢的约翰却犹豫不决。

"是什么样的冒险呢？"他小心地问。

"就在下面的草原上，睡着一个海盗。"彼得说，"如果你愿意，我们就去杀死他。"

"我看不见他！"约翰停了一会儿，说。

"我看见了。"

"要是，"约翰沙哑着嗓子说，"要是他醒了呢？"

彼得很生气："难道你以为我是趁他睡着了再杀他吗？我会先叫醒他，再杀他。我一直是这么干的。"

"你杀过许多海盗吗？"

"那当然，成吨的海盗。"

约翰称赞说："你真棒。"不过，他最终决定还是先吃茶点。他问彼得，岛上是不是还有许多海盗。彼得说，非常非常多，从来没有这么多过。

"那么，现在谁是船长？"

"胡克。"彼得回答，说到这个名字，他的脸就立刻沉了下来。

"是詹姆斯·胡克？"

"是啊。"

迈克尔哭了起来，就连约翰说话也有点紧张，因为他们久闻胡克的恶名。

"他是一个黑胡子水手长，"约翰低声说，"他是最凶的，巴比克就怕他。"

"就是他。"彼得说。

"他长什么样？个头大吗？"

"他现在不像以前那么大了。"

"什么意思？"

"我从他身上砍掉了一块。"

"你？"

"不错，就是我。"彼得说。

"我并没有轻视你的意思，不过……"

"没关系。"

"那么，你砍掉他的哪一块？"

"他的右手。"

"那他现在不能战斗啦？"

"不是，他现在照样能战斗！"

"他是左撇子？"

"他用一只铁钩子代替被我砍掉的右手，他用铁钩子来抓人。"

"抓人？"

"我说，约翰。"彼得说。

"嗯。"

"应该说'是，是，先生'。"

"是，是，先生。

"有一件事得提醒你，"彼得强调，"凡是在我手下做事的孩子，必须答应我一个条件。所以，你也必须答应。"

约翰一听这话，脸都变得煞白了。

"这件事就是一旦我们和胡克交战，你必须把他交给我来对付。"

"我答应！"约翰顺从地说，心里松了一小口气。

这时，他们不再觉得阴森可怕了，因为叮克铃在前面导航，她的亮光让他们可以互相看见对方的脸。

但她不能飞得太慢，只好一圈一圈地绕着他们飞。他们在明亮的光圈里前进，那光圈就像圣像头上的光环。温迪对于这种安排还是比较满意的，可彼得却指出了美中不足。

"她告诉我，"彼得说，"天黑以前，海盗就发现我们了，而且已经拖出了'长汤姆'。"

"是我们说的大炮吗？"

"是的。叮克铃的亮光肯定会被他们看见，如果他们猜到我们就在亮光附近，就会向我们开火的。"

"叫叮克铃走开，彼得！"三个人同时高喊，可彼得不肯。

"她担心我们迷路了，"彼得回答，"她有点害怕。我不可能在她害怕的时候，把她打发走！"

刹那间，那个光亮的圈子断了，一个东西亲昵地拧了彼得一下。

"那就请你告诉她，"温迪恳求说，"将她的光熄灭吧。"

"熄不了，这是仙子做不到的事。只有在她睡着时，才能自然熄灭，就像星星一样。"

"那就叫她马上睡觉！"约翰用命令的口气大声说。

"如果她不困，她就不会睡的。这也是仙子做不到的事。"

"照我看来，"约翰大声吼道，"只有这两件事才有价值。"

正说着，他又挨了一拧，却不是亲昵的。

"如果我们当中哪个人有一只口袋，就好了。"彼得说，"我们可以把她放在口袋里。"他们出发时太仓促，四个人连一只口袋也没有。

这时，彼得又想出一个妙计：约翰不是有帽子吗？

叮克铃最终勉强同意乘帽子旅行，但帽子必须拿在手里。帽子由约翰拿着，虽然叮克铃想让彼得拿着。不久，温迪接过帽子。因为约翰说，帽子老是碰到他的膝盖。这样一来，就要惹出麻烦了。至于究竟是什么麻烦，下面就会看到。说到底，还是因为叮克铃不愿领温迪的情。

亮光被完全藏在帽子里，他们继续往前飞。在此之前，他们还从来没有经历过这么深沉的寂静，只是偶尔听见一种奇怪的声音。彼得解释说，那是野兽在河边喝水。后来，他们又听到一种沙沙声，以为是树枝在刮碰。不过，彼得说，那其实是印第安人在磨刀。

　　最后，就连这些声音也消失了。迈克尔觉得，太可怕了。"随便来点什么声音也好啊！"他喊道。

温迪拿着藏有叮克铃的帽子，
继续飞行。

就在这时，空中爆发了一声巨响。原来，是海盗们向他们开炮了。

炮声在群山间回响，仿佛在狂野地嘶喊："他们在哪儿？他们在哪儿？他们在哪儿？"

三个吓破了胆的小孩子这才意识到，假想的岛和真实的岛是截然不同的！等到一切平静下来之后，约翰和迈克尔突然发现，黑暗中只剩下他们两个了。约翰踩着空气，迈克尔也在无意中学会了漂浮。

"你被炮打中了吗？"约翰颤抖着问。

"我还没尝过炮弹的滋味呢。"迈克尔低声回答。

我们现在知道，没有谁被炮打中。不过，彼得确实被炮轰起的一阵风吹到了海上。温迪被吹到上面去了，身边只有叮克铃。这时候，温迪要是把帽子扔掉就好了。可惜，她并没有这样做。

叮克铃突然从帽子里钻出来，要引诱温迪走向死路。

其实，叮克铃并不是坏透了。换句话说，她只是在这一刻才坏透了。在别的时候，她好极了。仙子们不是这样就是那样，因为身体太小，她们在同一个时间里，只能容下一种感情。她们当然是可以改变的，不过，要改变就得彻底改变。现在，她一门心思嫉妒着温迪。她说话时发出可爱的叮叮声，温迪根本就听不懂。即使她说一些难听的话，声音还是很悦耳。她前前后后地飞，似乎是在告诉温迪："跟我飞，一切都会好的。"

可怜的温迪，她又有什么更好的办法呢？她大声呼唤着彼得、约翰和迈克尔，可回应她的，只是嘲弄的回声。况且她根本不知道叮克铃在恨她，恨得就像真正的女人那么狠毒。于是，她晃晃悠悠、糊里糊涂地飞着，跟着叮克铃飞向厄运。

第五章　来到了真正的岛

也许是感应到彼得已经在往回飞的路上，永无乡便苏醒过来，再一次变得生气勃勃。应该说，它是被唤醒了，不过说苏醒了更准确，彼得就是这么说的。他不在的时候，岛上十分冷清。仙子们早晨可以多睡一个小时，野兽们守护着自己的幼崽，印第安人则大吃大喝长达六天六夜。那些遗失的孩子们和海盗相遇时，咬着大拇指互相对视。可是，每次彼得回来，他们全都活跃起来，因为他最恨死气沉沉。如果你把耳朵贴在地上，就会清晰地听见，整个岛都沸腾起来，充满生机。

这天晚上，岛上正在进行着如下部署：遗失的孩子守望着彼得，海盗守望着遗失的孩子，印第安人守望着海盗，野兽守望着印第安人。他们全都围着岛团团转，谁也碰不上谁，因为他们的行动速度是一样的。

除了孩子之外，全都怀着杀心，想要看见流血。孩子们其实也爱看见流血，只不过今晚他们都聚在一起，欢迎队长回来。岛上孩子的数目经常会有变动，因为有的被杀，有的失踪什么的。如果他们快要长大了——这完全不合乎规定，彼得就会把他们饿瘦，直到饿死。目前，他们是六个人，那对孪生兄弟算两个。他们排成单行，手按刀柄，悄悄地向前行进。

彼得不允许他们的模样像他。他们穿的是亲手杀死的熊的皮，圆滚滚、毛茸茸，跌倒后就会在地上打滚。所以，他们的脚步很稳。

走在最前面的是图图。在这支队伍里，他不能说最不英勇，而是最不走运。他冒险的次数最少，因为大事件总是在他一过拐角的时候才发生。等到事情平息了，他就立刻走开，去拾点烧火的柴草。这时候，别人早已开始打扫血迹了。运气不佳，让他脸上总是挂着愁容。不过，这一点并没使他的性格变酸，反而变甜了。所以，他算得上是孩子中最谦逊的一个。可怜的、善良的图图并不知道，今晚危险正等着

斯莱特利用树枝制成哨子，边吹着曲子，边狂欢起舞。

他。千万要留神哪，否则，就会碰上冒险的机会。如果你能承受下来，就会落进一场大灾祸。仙女叮克铃今晚一心想要捣乱，正想物色一个人。她认为，图图是孩子们当中最容易受骗的。千万要提防着叮克铃啊！

但愿他能听我们的话。不过，我们的话，他是听不见的。你瞧，他正咬着手指头走过去了。

排在第二位的是尼布斯，他彬彬有礼而且心情开朗。紧跟在他后面的，是斯莱特利。他用树枝制成哨子，边吹着曲子，边狂欢起舞。他是孩子们中最自负的一个，他认定自己还记得丢失前的事，记得不少礼节、习俗。他的鼻子向上翘着，令人讨厌。第四个是卷毛，一个小淘气。每当彼得严肃地喝令"谁干的站出来"时，站出来的总是他。因为这个缘故，现在一听到这个命令，他就会自动站出来，根本不去想事情是否是他干的。走在最后的是孪生兄弟，我们实在是无法形容他们，无论怎样形容，我们还是会把他们两个弄错。彼得不知道什么叫孪生子，也不许他的队员知道。所以，两兄弟自己也糊里糊涂，只好寸步不离地厮守在一起，尽量让周围的人感到满意。

孩子们在黑暗中逐渐消失了踪影。过了短短的一段时间，海盗们便跟踪而来。在我们看见他们以前，总能先听到他们的声音，而且总是那支非常可怕的歌：

系上缆绳，抛锚停船，我们去打劫！即使炮弹将我们打散，在深深的海底，我们还会碰头！

哪怕是在绞架上，你也没见过这么凶神恶煞的匪徒。走在最前面的是意大利人切科。他两条强壮的胳臂赤裸着，耳朵上挂着两枚八比索的西班牙金币。在加奥时，他曾在典狱长的背上，用血刻上了他的名字。现在，他把头贴近地面聆听。走在后面的那个彪形黑大汉拥有许多可怕的名字，在整个圭乔木河沿岸，许多母亲总习惯于用他的一个名字来吓唬不听话的孩子。他废弃了一个名字后，又用许多可怕的名字。接着就是比尔·鸠克斯，浑身刺满了花纹。他就是传说中在海象号船上被弗林特砍了72刀才丢下金币袋的那个比尔·鸠克斯。还有库克森，据说是黑默菲的兄弟。当然，这一点至今还没有被证实。还有绅士斯塔奇，曾在中学当过助理教员，杀起人来简直文质彬彬。还有"天窗"。至于爱尔兰水手长斯密，他是一个特别和善的人，就是捅人家一刀，也不会得罪人家。在胡克的水手班中，他是唯一不信国教的人。还有努得勒，老爱背剪着手。还有罗伯特·木林斯和阿尔夫·梅森，以及其他一些在西班牙无人不知、无人不怕的恶棍。

在这帮匪徒中，最邪恶的当然是詹姆斯·胡克，他将自己的名字叫做詹·胡克。据说，他是海上库克唯一惧怕的人。此时，胡克舒舒服服地躺在一辆大车里，由手下人推拉着。

他没有右手，代之以一只可怕的铁钩。他挥动着那只铁钩，催促手下赶快拉车。这个家伙十分凶恶，像狗一样使唤着自己的手下，这些手下也像狗一样服从他的指挥。他面孔铁青，头发弯成长长的发卷，远看简直就像一支支黑蜡烛，令人不寒而栗。他的眼睛蓝得像勿忘我的花，显露出深深的忧郁。当他用铁钩向你捅来的时候，他的眼睛里会出现两点红光，犹如熊熊燃烧的火焰，实在是可怕极了。在他的身上，还残留着爵爷气派，那种飞扬跋扈的神态会令人心惊胆战。听说，他以前还是一个出了名的故事大王。他最彬彬有礼的时候，正是他最残暴的时候，这也许就是他出身高贵的最确凿的证据。在他诅咒的时候，满口文雅的词句，丝毫不亚于显赫的仪态。这个人骁勇无比，几乎没有任何对手。据说，他唯一畏惧的，是他自己很浓的颜色异常的血。说到底，他似乎在模仿查理二世。他在早年听人说，他长得特别像那位斯图亚特君主。他亲自设计了一根烟斗，能同时吸两支雪茄。他身上最阴森可怖的，当然就是那只铁钩。

现在，让我们来杀一名海盗，了解一下胡克是怎样杀人的。我们就拿"天窗"做个样子吧。"天窗"好奇地凑到胡克跟前，乱摸他那镶着花边的衣领。

于是，铁钩伸了出来。只听一声惨叫，"天窗"的尸体就被踢到一边，海盗们照旧前进。在这个过程中，胡克连雪茄也没从嘴里拿出来。

彼得·潘要对付的，就是这样一个可怕的人。那么，他们当中，哪一个会赢呢？

尾随在海盗后面潜行过来的，是印第安人。他们走过的那条小路，一般人是很难觉察的。他们把眼睛睁得溜圆，手持战斧和刀，身上涂着闪闪发光的油彩。他们随身挂着成串的头皮，有孩子的，也有海盗的。这些印第安人属皮卡尼尼族，和心肠较软的德拉华族和休伦族印第安人不同。匍匐在最前面的是魁伟的小豹子。他是一员骁将，脖子上挂着许多头皮，甚至影响了他的爬行速度。殿后的处在最危险的位置的是虎莲，她生来就是一位骄傲的公主。她是黑人女将中最标致的，是皮卡尼尼族的大美人。她时而冷若冰霜，时而热情如火。武士们都想娶这个尤物为妻，却被她用一把斧子挡开了。现在，看看他们是怎样穿过落在地上的枝叶而不发出一点声响的。你唯一能听到的，只是他们粗重的喘息声。原来，他们饱食之后，现在都有点发胖了。不过，他们很快就会消瘦下去的。

印第安人像影子一样晃动，又像影子一样消失。紧接着，野兽取代了他们的位置。那是一大群狮、虎、熊，还有许多在前面奔窜逃命的小野兽。各种各样的兽类，特别是吃人的野兽，都在这个岛上并存。它们的舌头拖得很长很长，它们今晚都饿了。

野兽跑过去后，上场的是一只巨大的鳄鱼。至于它追逐的目标究竟是谁，我们很快就会看到。

鳄鱼过去没多久，孩子们又出现了。这个队列按照惯例，必须无穷无尽地进行下去。直到某一部分停止前进，或者改变前进的速度，彼此之间就会厮杀起来。

谁都在注视着前方，却没有一个想到自己身后隐藏着的巨大危险。由此可见，这个岛多么真切。

首先脱离这个转动着的圈子的，是孩子们。他们躺在草地上，这里离地下的家很近。

"真希望彼得快点回来呀。"他们全都有些心神不宁，虽然他们的个头都比队长高，腰身也比队长粗。

"只有我不怕海盗。"斯莱特利说。他的腔调令大伙儿厌烦。这时，远处传来的响

一只巨大的鳄鱼正在追逐它的目标。

声惊动了他，他赶紧补充说："我也希望彼得回来，给我们讲讲灰姑娘后来的故事。"

于是，他们谈起了灰姑娘。图图相信，他的母亲当初的模样一定很像她。只有在彼得远离他们的时候，他们才能谈起自己的母亲。彼得绝对禁止谈论这个话题，因为他觉得无聊至极。

"关于我母亲，我只记得一件事，"尼布斯回忆说，"她老是对父亲说：'啊，我真希望拥有属于我自己的支票簿。'我到现在也不知道支票簿是什么，可我真想给我母亲一个。"

正在这时，他们听到远处传来一种声音。我们不是野兽，是不会听到这种声音的。可他们听到了，那是海盗最喜欢唱的那首歌：

唷嗬，唷嗬，海盗的生活，骷髅和白骨的旗帜，欢乐一时，麻绳一根，好啊，大卫琼斯。

于是，转眼之间，孩子们就消失了。我敢打赌，就是兔子也没有他们溜得快。

除了尼布斯——他跑到别处侦察敌情去了——其他人全都回到了地下的家里。那真是一个美妙绝伦的住处，下面我们就会细说。可他们究竟是怎么进去的呢？地面上一个入口也看不见，连伪装的树枝也没有。如果你仔细观察，你就会看见那儿有几株大树，树干是空的，树干下面都有一个洞。这就是通向地下的家的七个入口。最近几个月来，胡克一直在寻找他们的藏身之处，却始终没有找到。那么，他今天会找到吗？

海盗们走近时，斯塔奇一眼就瞧见尼布斯穿过树林逃跑了。他立刻拔出手枪，一只铁钩立刻抓住他的肩膀。

"请放开我，船长。"他扭动着身子，痛苦地哀求道。

现在，我们终于听到了胡克的声音。

"先把手枪放回去。"那声音威胁着。

"那正是你痛恨的一个男孩，我本来可以一枪打死他！"

"枪声会引来虎莲公主的印第安人，难道你愿意断送你的头皮吗？"

"那我可以去追他吗，船长？"可怜的斯密问，"我可以用约翰开瓶钻给他挠痒痒吗？"斯密总喜欢给所有的东西起个好听的名字，他管短弯刀叫约翰开瓶钻，因为他喜欢用刀在伤口里旋转。表面看来，斯密拥有许多可爱之处。比如，杀人之后，他不擦拭武器，却去擦拭眼镜。

"我的约翰总是无声无息。"他提醒胡克说。

"现在还早，斯密，"胡克说，"他只是一个，我要放长线钓大鱼，全部干掉他们七个！现在分散开来，去找他们。"

海盗们散开了，只剩下船长和斯密。胡克叹了一口气，原因并不清楚，也许是因为欣赏到了那幽美的夜色吧。于是，他开始把自己一生的故事讲给他忠实的水手长听。他认真地讲了很久，可愚蠢的斯密并没有听明白。

忽然，斯密听到彼得这个名字。

"我最想抓到的，"胡克咬牙切齿地说，"是他们的队长彼得·潘！就是这个家伙，居然砍掉了我的胳臂！"他恶狠狠地挥动着那只铁钩，"我等了很久，迟早要用这玩意儿和他握手。瞧着吧，我会把他撕成碎片的！"

"可是，"斯密说，"我听你说过，那钩子能顶20只手，它能梳头，还能做很多家常事。"

"是啊，"船长回答说，"我要是个妈妈，一定祈求我的孩子拥有这件东西，而不是那件东西。"他瞄了一眼那只铁钩，又瞄了一眼他的左手。

"那个该死的彼得，"他战战兢兢地说，"居然把我的胳臂扔给了一条鳄鱼。""我注意到，"斯密说，"你对于鳄鱼似乎有一种恐惧。"

"我不怕鳄鱼，"胡克纠正说，"我只是怕那一条鳄鱼。"

他压低了嗓音说："你要知道，那条鳄鱼很喜欢吃我的胳臂。打那以后，它就穿山过海地跟着我，想吃我身体的其余部分。"

"在我看来，"斯密讨好地说，"这是一种赞美。"

他们好奇地把它拔了起来，发现这蘑菇没有根，而且立刻有一股烟冒了出来。

鳄鱼满身是水，在胡克后面追赶着。

"我才不要这种赞美呢，"胡克狂吼道，"我要的是彼得·潘，因为是他让鳄鱼尝到了我的滋味。"

胡克在一只大蘑菇上坐下来，声音有点颤抖。"斯密，"他沙哑地说，"那条鳄鱼差点就把我吃掉了，幸亏它在此之前吞下了　个钟。在它接近我以前，我听到了滴答声，这才一溜烟逃跑了。"他放声大笑，可怎么听那是干笑。

"总有一天，"斯密说，"那个钟会停住的。那时，鳄鱼就会撵上你了。"

"可不是吗！"他说，"我日夜提心吊胆的，就是这件事。"

这时，他觉得浑身热得出奇。"斯密，"他说，"这个座位是热的。真是活见鬼，我都快被烤糊了。"

这只蘑菇又大又硬，在英国本土上还从未见到过。他们好奇地把它拔了起来，发现这蘑菇没有根，而且立刻有一股烟冒了出来。两个海盗先是面面相觑，然后异口同声地惊呼道："烟囱！"

他们果真发现了孩子们的地下的家。当敌人来到附近时，孩子们习惯于用蘑菇把烟囱盖上。

不光是有烟冒出来，孩子们的声音也传了出来。他们躲藏在这里，自认为很安全，就快活地闲谈起来。海盗听了一会，就把蘑菇放回原处。他们又四处观察了一遍，发现了七棵树上的树洞。

"他们说，彼得·潘不在家。"斯密小声说，手里转动着那只约翰开瓶钻。胡克点点头，凝神思考了好一阵子，一丝微笑浮现在脸上。

"亮出计划来吧，船长。"斯密急切地喊道。

"我们立刻回到船上去，"胡克从牙缝里挤出话来，"做一只大蛋糕！我断定，下面只有一间屋子，因为只有一个烟囱。这些傻田鼠竟然不懂得他们并不需要每人一个出口，可见他们没有母亲。我们在人鱼的礁湖岸边放上特制的蛋糕。这些孩子常去游泳，和人鱼戏耍。他们一旦看到蛋糕，就会狼吞虎咽。因为他们没有母亲，肯定不懂得吃下油腻而潮湿的蛋糕将有多么危险。哈哈，他们要死了！"他开始放声大笑，这回不是干笑了，而是开怀畅笑。

斯密佩服得五体投地。

"我还从来没听说过比这更漂亮的计策呢！"他叫了起来。于是，他们开始疯狂地边舞边唱：

系上缆绳，我来了，他们吓得浑身颤抖；只要你和胡克的铁钩握手，你的骨头再也剩不下肉。

他们唱起了这首歌，可没能把它唱完，因为一个声音止住了他们的歌。那声音很小，似乎一片树叶就能把它盖住。但那声音离得越近，就越清晰。

滴答，滴答，滴答，滴答。

胡克浑身瑟瑟发抖，一条腿提得高高的。

"是鳄鱼！"他喘息着说，转身就跑，他的水手长也紧跟其后。

确实是那只鳄鱼，它很快就超过了印第安人，而印第安人正在跟踪其他海盗。鳄鱼满身是水，在胡克后面追赶着。

这时，孩子们又回到地面上。可是，危险还没有结束。忽然，尼布斯气喘吁吁地跑来，后面紧跟着一群狼。这些狼吐着可怕的舌头，嚎叫声令人心寒。

"救救我，快救救我！"尼布斯一边喊，一边跌倒在地上。

"可我们能怎么办？"

就在这千钧一发之际，他们都想起了他们最崇敬的彼得。应该说，这正是对彼得的最高赞誉。

"如果是彼得，他会怎么办？"他们不约而同地喊道。

然后，他们又异口同声地说："彼得肯定会从两腿中间盯着它们。那么，我们就照彼得的办法去做吧。"

那确实是一种对付狼的极为有效的办法。他们全体弯下腰去，从两腿中间朝后

当孩子们用这种奇怪的姿势
朝着狼逼近时，那群狼吓得都拉着尾巴逃跑了。

图图张弓搭箭，瞄准了温迪。

看。时间似乎显得很长，可胜利来得也很快。当孩子们用这种奇特的姿势朝着狼逼近时，那群狼吓得都耷拉着尾巴逃跑了。

尼布斯从地上爬起来，眼睛直瞪瞪的。其他人以为他还在看那些狼，可他看到的并不是狼。

"我看见一个奇怪的东西，"他喊着，别的孩子立刻聚拢在他身边，"有一只大白鸟，正朝这边飞来呢。"

"那是一只什么鸟？"

"我也不知道，"尼布斯惊魂未定，"看样子很疲倦，一面飞，还一面哼着'可怜的温迪'。"

"可怜的温迪？"

"啊，我想起来了，"斯莱特利说，"我记得有一种鸟，名字就叫温迪。"

"瞧啊，它飞过来了。"卷毛指着天空的温迪。

温迪飞到了他们的头顶上，孩子们现在都能听到她的哀叫声。可是，他们听得最清楚的，还是叮克铃的尖叫声。这个嫉妒心极强的仙子，已经抛去了所有的伪装。她从四面八方撞向温迪，还狠狠地拧她。

"叮克铃！"孩子们惊呼。

叮克铃告诉他们："彼得命令你们射死温迪！"

对于彼得的命令，他们是从不怀疑的。

"我们一定照彼得的吩咐去做。"这些孩子立刻表示服从。

"拿弓箭来！"

孩子们都钻进了树洞，只有图图拿着弓箭。

叮克铃看到了，兴奋地搓着她的小手。

"快射呀，图图！"她大声叫道，"彼得会特别开心的。"

图图张弓搭箭，瞄准了温迪。"走开，叮克铃。"他高喊着，把箭射了出去。于是，温迪晃晃悠悠地落到地上，一支箭射中了她的胸口。

第六章 小屋子

当其他孩子拿着武器纷纷从树洞里跳出来的时候，图图正以胜利者的姿态站在温迪身边。

"你们来晚了，"他宣布，"我已经把温迪射下来了，彼得一定会赞赏我的！"

叮克铃喊了一声"笨蛋"，立刻窜到别处，躲藏起来。孩子们当然没听见她说的话。他们围着温迪仔细观看，林中寂静得可怕。如果温迪的心还在跳动，他们一定会听得一清二楚。

"这不是什么鸟啊，"斯莱特利惊恐地说，"这一定是一位小姐。"

"小姐？"图图发起抖来。

"可我们把她杀了。"尼布斯哑着嗓子说。

"我明白了，"卷毛痛苦地说，"一定是彼得把她带给我们的。"

"好容易有一位小姐照料我们，"孪生子中的一个说，"可你竟把她杀了！"

当图图向他们走近时，他们都不理他。

图图的脸变得惨白，可他脸上却呈现出前所未有的庄严。

"是我干的，"他说，"以前小姐们来到梦里时，我总是说：'美丽的母亲，美丽的母亲。'可现在，她真的来了，我却把她射死了。"他慢慢地走开。

"别走。"他们说。

"我非走不可了，"图图哆嗦起来，"我怕彼得。"

就在这个悲惨时刻，他们听到一个声音，心都快跳出来了，那是彼得啼叫的声音。

"彼得！"他们嚷道。彼得每次回来时，都要发出这样的信号。

"快把她藏起来。"他们匆忙之间，只能把温迪围在中间。图图独自站在一边。

很快，彼得就降落到他们面前。"好啊，孩子们！"

孩子们机械地向他问好，接着就是一阵沉默。

"我回来了，"他有点恼火，"难道你们不欢迎？"他们一个个张开了嘴，却怎么也欢呼不起来。彼得急于告诉他们好消息，并没有注意到这一点。

"有个好消息，孩子们，"他喊道，"我给你们带来了一位母亲！"

他们仍然保持沉默，图图则立刻跪倒在地。

"怎么，你们没看见她吗？"彼得有点不安了，"她朝这边飞过来的呀。"

"唉，"一个声音说，"真是倒霉的日子。"

图图站了起来。"彼得，"他说，"我要让你看看她。"

别的孩子还想掩饰，图图说："靠后站，让彼得瞧一瞧。"

他们全都退到一边，让彼得看。彼得观望了一会儿，才明白发生了什么事。

"她死了，"彼得不安地说，"她可能正为自己的死而害怕吧。"

彼得很想跳着滑稽的步子，走得远远的，再也不走近这块地方。如果他真这样做了，孩子们都会很开心地跟他走。

可是，明明有一支箭啊！他把箭拔下来，厉声问道："谁的箭？"

"是我的。"图图跪下说。

"卑怯的手！"彼得举起箭，把它当做一把剑。

图图袒开胸膛："刺吧，彼得，使劲刺。"

彼得两次举起箭，又两次垂下手："奇怪，我刺不了，有东西抓住我的手。"

孩子们惊讶地望着他，只有尼布斯瞧着温迪。

"是她，"尼布斯叫道，"是温迪小姐。"

说也奇怪，温迪举起了手。尼布斯弯下身，恭恭敬敬地听她说话。"我想，她是在说'可怜的图图'。"他轻轻地说。

"她还活着。"彼得宣布。

斯莱特利喊道："温迪小姐还活着！"

彼得在她身边跪下，发现了那颗橡子扣。

你还记得吧，温迪把它系在了项链上，挂在脖子上。

"太好了，"他说，"箭头射中这东西了，这是我给她的一个吻，现在救了她的命。"

"我记起来了，"斯莱特利插嘴说，"对了，这就是一个吻。"

彼得没注意斯莱特利说什么，他在恳求温迪快点起来，他好带她去看人鱼。温迪不能回答，因为她还晕晕乎乎的呢。

这时，空中传来一阵悲伤的哭声。

"那是叮克铃在哭，"卷毛说，"因为温迪还活着。"

他们把叮克铃的罪行告诉彼得，彼得脸上露出从未有过的严峻神色。

"听着，叮克铃，"他喊道，"我再也不跟你做朋友了，滚吧！"

叮克铃落在他的肩上，他用手把她掸开。直到温迪又一次举起手，他才宽恕地说："好吧，不是永远，是一个礼拜。"

那么，你以为叮克铃会因此而感激温迪吗？不会的，她反倒更想拧她了。

温迪的身体十分虚弱，该怎么办呢？

"把她抬到屋子里去吧。"卷毛建议。

"说对了，"斯莱特利说，"对于一位小姐，我们应该这样做。"

"不，"彼得说，"你们别碰她，因为那是不恭敬的。"

"这正是我想说的。"斯莱特利说。

"可她躺在这儿，"图图说，"很快会死的。"

"她会死的，"斯莱特利承认，"可也没有办法呀。"

"有了！"彼得喊道，"可以围着她盖一间小房子。"

他们都很高兴。"快，"彼得命令道，"把家里最好的东西都拿来，要快！"

于是，他们像准备婚礼服装的裁缝一样忙碌起来。有的下去取被褥，有的上来取木柴。正在这时，约翰和迈克尔一步一拖地往这边走过来。他们站着就睡着了；停住脚步，醒了；再走一步，又睡着了。

"约翰，"迈克尔喊，"快醒醒，娜娜在哪儿？还有妈妈呢？"

约翰揉着眼睛，说："这是真的，我们飞了。"

一见到彼得，他们喜出望外，大大地松了一口气。

"你好，彼得。"他们说。

"你们好。"彼得回答，他快要忘掉他们了。他正忙着测量温迪的身长，以便决定需要造多大的房子。毫无疑问，还得留出放置桌椅的地方。约翰和迈克尔望着他：

"温迪睡着了吗？"

"是的。"

"约翰，"迈克尔提议，"我们叫醒她，让她做晚饭吧。"

他们发现，别的孩子正跑来跑去，准备造房子。

"瞧瞧他们！"迈克尔喊。

"卷毛，"彼得用队长的腔调命令说，"领着这两个孩子去帮忙造房子。"

"是，是，大人。"

"造房子？"约翰惊呼起来。

"是啊，给温迪住。"卷毛说。

"给温迪住？"约翰很惊讶，"为什么呢？她不过是个女孩子。"

"因为，"卷毛解释说，"我们都是她的仆人。"

"你们？温迪的仆人！"

"是的，"彼得说，"你们也是，跟他们一起去吧。"

兄弟两人被拉去砍树运木头。

"你们先做椅子和炉档，"彼得命令说，"再围着它们造屋子。"

"对极了，"斯莱特利说，"屋子确实就是这样造的，我全都记起来了。"

"斯莱特利，"彼得想了想，命令说，"去请个医生来。"

"是。"斯莱特利说，挠着头皮就走开了。他知道，彼得的所有命令都必须坚决服从。不一会儿，他戴着约翰的帽子回来了。

"请问，"彼得向他走去，"你是大夫吗？"

在这种时候，彼得和别的孩子完全不同：他们都知道这是假的，可对他来说，假的和真的是一回事。这常常使他们为难，也吃了不少苦头。比如，有时候他们不得不假装吃过饭了。如果他们的伪装败露了，彼得就会生气地敲他们的骨节。

"是的，我的小伙子。"斯莱特利提心吊胆地回答。

"费心了，先生，"彼得解释说，"有位小姐病得很重。"

病人就躺在旁边，可斯莱特利还得装作没有看见她。

在彼得的指挥下，孩子们在正在为温迪建造屋子。

"是这样啊，"他说，"病人在哪儿呢？"

"在草地上。"

"我要把一个玻璃器具放在她嘴里。"斯莱特利假装这样做了，彼得在一旁等着。玻璃器具从嘴里拿出来时，事情才不好办呢。

"她怎么样了？"彼得问。

"没事，"斯莱特利说，"我已经把她治好了。"

"我很满意。"彼得说。

"今晚我还会再来，"斯莱特利说，"我会用一只带嘴的杯子喂她牛肉茶。"他把帽子还给了约翰，深深地吐了一口气。一直以来，这都是他逃脱难关时的一种习惯。

与此同时，树林里的斧头声响成一片。造一所舒适的住房所需要的一切，都已堆放在温迪脚边。

"如果我们知道，"一个孩子说，"她喜欢什么样的房子，那就更好了。"

"彼得，"另一个孩子叫道，"她动弹起来了！"

"她张嘴了，"第三个孩子说，"真是可爱。"

"也许她想唱歌呢，"彼得说，"温迪，唱吧，唱出你喜欢的那种房子。"

温迪眼都没睁，立刻唱了起来：

我愿有一间漂亮的房子，小小的，从没见过那样小，它有好玩的小红墙，屋顶上铺着绿绿的苔草。

他们都开心地笑了，因为运气不错，他们砍来的树枝都流着红色液汁，遍地长满了青苔。他们叮叮咚咚地造起屋子来，也开始唱了起来：

我们建造了小墙和屋顶，还修了一扇可爱的小门，温迪妈妈，你还要什么？请告诉我们。

小屋子完全建造好了。

温迪提出了要求：

要问我还要什么，我要四周都装上华丽的窗，玫瑰花儿向里窥视，小小婴孩向外张望。

他们听了，立刻就装起窗子来，大叶子做百叶窗。可是，到哪里去找玫瑰花呢？
"玫瑰花！"彼得喊道。
他们马上沿着墙，假装栽上了玫瑰。
为了提防彼得要婴孩，他们立刻唱起歌来：

我们已让玫瑰开花，婴孩来到门前，因为我们都做过婴孩，现在不能再变。

彼得觉得这个主意不错，马上就假装这是他的命令。房子很漂亮，温迪住着一定很舒服。
彼得踱来踱去，吩咐孩子们进行完工前的小调整，什么也逃不过他那双鹰眼。
"门上还没有门环。"彼得说。
他们听了，有点难为情。图图拿出他的鞋底，制作了一个绝妙的门环。
他们心想，这下全齐了。
"没有烟囱，"彼得说，"要有一个烟囱。"
"当然得有烟囱。"约翰煞有介事地说。彼得一把抓过约翰头上的帽子，敲掉帽顶，扣在屋顶上。小屋子得到如此漂亮的烟囱，非常高兴，一缕青烟立刻从帽子里冉冉升起。
这下真的彻底完工了，剩下的就是敲门了。
"把你们收拾得体面些，"彼得警告他们，"知道吗？初次印象至关重要。"
他很庆幸没有人追问什么叫初次印象，否则他也说不清楚。

彼得很礼貌地敲了敲门。这时候，周围静悄悄的，除了叮克铃的声音，没有一点声响。她正坐在树枝上，讥笑他们。

孩子们纳闷，会不会有人开门呢？如果是位小姐，她会是什么模样？

门打开了，温迪走了出来。他们都脱下了帽子。

她惊讶极了，而这正是他们希望看到的。

"我在哪儿？"她问。

第一个答话的，自然是斯莱特利。"温迪小姐，是这样，"他说，"我们为你造了这间房子。"

"啊，你喜欢吗？"尼布斯问。

"多可爱的宝贝房子呀。"温迪说，这正是他们希望她说的话。

"我们是你的孩子。"孪生子说。

他们全体跪下，恳求道："温迪小姐，请做我们的母亲吧。"

"我行吗？"温迪满脸喜色，"我承认，这非常有意思。可我只是一个小女孩，没有经验呀。"

"不要紧的。"彼得说，似乎他是这里最懂得这些事的人，事实却正好相反，"我们需要的，只是妈妈那样亲切的人。"

"太好了！"温迪说，"我觉得我正是你们需要的那个人。"

"那当然，"他们喊道，"我们早就看出来了。"

"好极了，"温迪说，"我会尽力的。快进来吧，孩子们。我敢说，你们的脚都湿了。在我打发你们上床之前，还能将灰姑娘的故事讲完。"

他们全进来了。说实话，我也不知道这个小屋里怎么能容得下那么多人。不过，在永无乡，是完全可以挤得紧紧的。他们和温迪一起，度过了快乐的夜晚，这是第一夜。温迪在树下的屋子里，打发他们一个个睡下，又给他们掖好被子。她自己则睡在小屋里。彼得手持一把刀，在外面巡逻。海盗们还在远处饮酒作乐，狼群也在四处觅食。黑暗中，那间小屋显得那么舒适、那么精致，百叶窗透出亮光，烟囱里

温迪答应孩子们，很愿意
做他们的妈妈。

有些疲累的彼得也在不知不觉
中睡着了。一些宴毕归家的轻浮的
仙子们从他身上爬过。

彼得手持一把刀，在屋子外巡逻。

冒出轻烟。一会儿，有些劳累的彼得也在不知不觉中睡着了。一些宴毕归家的轻浮的仙子们从他身上爬过。要是别的孩子挡住夜路，他们一定会捣乱的。可是，他们只捏了捏彼得的鼻子就走了。

第七章　地下的家

　　第二天早上，彼得所做的第一件事，就是给温迪、约翰和迈克尔量身材，好给他们找几个合适的空心树。你一定还记得，胡克曾嘲笑孩子们每人有一株空心树。其实，不聪明的是他。道理很简单，除非那株树适合你的身材，否则，上下将是很困难的。实际上，孩子的身材没有两个是完全相同的。要是宽度合适，下去时，你只消轻吸一口气，就能顺利地往下滑。上来时，你只消交替着一呼一吸，就能爬上来。等到你完全熟悉了这一套动作，就能上下自如，姿态更是优美无比。

　　因此，身材和树洞大小必须得体。彼得给他们量身材，就像量衣裳那样一丝不苟。唯一的区别是：衣裳是按身材剪裁的，而树洞必须用身体去适应。在通常情况下，这是很容易做到的，因为你可以多穿或少穿衣裳。如果你身上某些部位太臃肿，或者那株唯一能找到的树长得奇形怪状，彼得就会在你身上想办法。一旦合适了，就得格外小心。后来，温迪发现，正因为这样，全家人才维持着良好的身体状况。

　　温迪和迈克尔一次就成功了，但约翰必须更换一棵树。

　　练了几天，他们就能像井里的水桶一样上下自如了。他们开始爱上这个地下的家了，温迪更是这样。和所有的家一样，这个家有一间大厅。如果你想钓鱼，就可以在大厅的地面挖一个坑。地上长着五颜六色的蘑菇，可以当凳子坐。有一棵树死乞白赖要在房中央长出来，于是，孩子们每天早上都会把它锯短一些。等到吃茶点的时候，它就长到两英尺高。孩子们在树干上支上门板，当做一张桌子。茶点一吃完，就把树干锯掉，屋子又有宽敞的地方做游戏了。屋里有一个大壁炉，占满了屋子的各个部分。所以，想在哪儿生火都行。温迪在炉前拴上了绳子，这些绳子是用植物纤维搓成的。她把洗净的衣裳全部晾在上面。床铺白天斜靠在墙边，晚上六点半才放下来。这时候，这个大床铺占去了半间屋子。除了迈克尔，所有的孩子都睡在这张床上，一个挨一个，简直就像罐头里的沙丁鱼。翻身也有严格规定，由一人发令，大家同时翻身。本来，迈克尔也可以睡在这张床上。但是，温迪想要一个男婴，他最小，女人那点心意你们是知道的。于是，迈克尔就被放在篮子里，拌了起来。

这个家十分简陋，和小熊在地下安的家差不到哪里去。墙上有一个小壁龛，大概有鸟笼那么大，那是叮克铃的闺房。一幅围幔就可以把她同外界隔开。叮克铃很拘谨，穿衣或脱衣时，都会拉上围幔。随便哪个女人，恐怕都没有享受过这样一间精致的卧室与起居室合而为一的闺房。她的床——她管它叫卧榻，真正是传说中司梦的小仙后——麦布女王那样的床，还有三叶草形的床脚呢。至于床罩，会随着不同季节的果树花而变换。她的镜子是童话故事中穿长筒靴的猫所用的那种镜子。在仙子商贩的货架上，现在只剩下三面还没有打碎的。洗脸盆是馅饼壳式的，可以翻

墙上有一个小壁龛，大概有鸟笼那么
大，那是叮克铃的闺房。

转过来。地毯是马杰里和罗宾极盛时代的产品。有一盏大吊灯，主要是为了摆摆样子。当然，她本来就不需要什么光，她自己的光就可以照亮整个住处。叮克铃瞧不起家中的其余部分，这是难以避免的。她的住处特别漂亮，却又显得有点自命不凡。

温迪守着一篮子袜子，每只袜子的后跟都破了一个洞。

这一切对温迪来说，是很迷人的。事实上，这些顽皮的孩子真把她忙得够呛。除了有时候带一只袜子上来补，一个礼拜之内，她都没有到地面上来。做饭是一件大事，她就老是离不开那口锅。他们的主食是烤面包果、甜薯、椰子、烤小猪、马米树果，还有香蕉。不过呢，到底是真吃了饭，还是假装吃饭，就不好说了，那全凭彼得的心情了。他也能吃，而且是真吃，如果这是游戏的一部分的话。可是，他不会像其他孩子那样，为了填饱肚皮去吃。其次，他很喜欢谈吃。对于彼得来说，假装也等于是真的。当他假装吃饭的时候，他真的就胖起来了。当然了，对于其他孩子来说，假装吃饱是很痛苦的。不过，你必须照他的样子去做。

如果你能向他证明，树洞开始变得太松了，他就会让你饱餐一顿。

他们上床睡觉以后，温迪才开始缝缝补补。据她自己说，只有到这时候，她才能喘一口气，不再手忙脚乱。她利用这段时间，给他们制作新衣。她还在膝盖那儿做成双层，这样就不怕他们玩耍时磨损了。

温迪守着一篮子袜子，每只袜子的后跟都破了一个洞。

她举起两臂，唉声叹气："有时候，我真觉得老姑娘是可羡慕的。"

她一边叹息，一边却喜气扬扬。

你们大概还记得她的那只小爱狼吧。不错，它很快就发现了温迪，并在岛上找到了她。此后，它就到处跟着她。

日子一天天过去，温迪真的不想念亲爱的爸爸妈妈吗？这个问题不太好回答，因为在永无乡，谁也说不清到底过了多少时光。况且，时光是按太阳和月亮计算的，而岛上的太阳和月亮要比内陆多得多。不过呢，温迪心里不会特别挂念她的爸爸妈妈。她有绝对的自信，他们一定会随时打开窗子，等着她飞回去。因此，她开始安下心来。唯一让她感到不安的是，约翰只是模模糊糊地记得爸爸妈妈，迈克尔呢干脆就认定温迪就是他的母亲。尽管有点害怕，她还是勇敢地负起了责任。她用考试的方法，尽可能唤起他们对旧日的回忆。别的孩子觉得很有趣，纷纷要求参加考试。他们准备了石板，围坐在桌旁。温迪用另一块石板写下问题，传给他们看。他们看了问题，就用心想、用心写。这些问题很平常："母亲的眼睛是什么颜色？母亲和父亲谁高？母亲的头发是浅色还是深色？""写一篇不少于 40 字的文章，题目是：我怎样度过上次的假期。""1.描写母亲的笑；2.描写父亲的笑；3.描写母亲的宴会礼服；4.描写狗舍和舍内的狗。"

每天的题目多半都是这些。如果你答不上来，你就画一个 ×。就连约翰的 ×，数量也十分惊人。每个题目都作了回答的，只有斯莱特利，他总是第一个交卷。不过，他的答案非常可笑。

彼得并没有参加考试，原因有两个。一方面，除了温迪之外，他瞧不起所有的母亲。另一方面，他是岛上唯一不会读写的孩子，就连最简单的字也不会。所以，他才不做这类容易让他丢脸的事呢。

顺便提一下，所有的问题都用过去时态写。比如，母亲的眼睛曾是什么颜色。实际上，就连温迪自己也有点忘了。

下面我们就会看到，冒险的事是天天都有的。现在，彼得在温迪的帮助下，发明了一种新的游戏，玩得简直入了迷。可没多久，他又突然不感兴趣了。你要知道，他对所有的游戏一向是这样的。这个游戏是假装不去冒险，只做约翰和迈克尔平时做的事：坐在小凳上，向空中抛球玩，出去散步，连一只灰熊都没杀死就回来了。

彼得老老实实坐在小凳上的样子，那才真叫有趣呢，简直是一本正经。坐着一动不动，在他看来是十分滑稽的事。他说，为了有益健康，他得出去散散步。一连几天，他都是这样过的。约翰和迈克尔必须装作很开心的样子，否则，他就会对他们不客气。

彼得经常一个人外出。等他回来时，你根本不知道他做过什么冒险事。他自己也许早就忘得干干净净，所以什么都没有说。可是，出去一看，却能看到被杀的尸体。有时候，他会主动谈起他的冒险。可是，你却找不到他谈论半天的那具尸体。有时，他回来时，头上还裹着绷带。温迪就抚慰他，还用温水帮他洗伤口。这时，他就会给她讲一段惊人的故事。不过，温迪对彼得所讲的故事，从来就不敢完全相信。她知道，有许多冒险故事确实是真的，因为她也参加了。但更多的故事，她知道至少有一部分是真的，因为别的孩子也参加了。要想把这些冒险故事全部描写一番，就必须写一本像英语拉丁、拉丁英语词典那么厚的书。为了说明问题，就让我们讲讲在斯莱特利谷和印第安人的遭遇战吧。毫无疑问，这是一场血流遍地的激烈战事。有趣的是，它能表现出彼得的一个不为人知的特点，那就是：在战斗中，他会突然转到敌人那一方去。当胜负未决，时而倾向这一方、时而又倾向那一方时，彼得就大喊："我今天是印第安人。你是什么，图图？"图图说："也是印第安人。尼布斯，你是什么？"尼布斯说："印第安人。你们是什么，孪生子？"于是，他们都变成了印第安人。那些真正的印第安人觉得这种做法很新鲜，也就同意这一次变成遗失的孩子。于是，激烈的战斗重新打响。如果不是这样，这场战争早就打不下去了。

除了这次冒险行动之外，也许一个更好的故事就是印第安人夜袭孩子们地下的家。那一次，好几个印第安人钻进了树洞，却上不得，也下不得，吃尽了苦头。或者，我们也可以讲一讲，在人鱼的礁湖里，彼得如何救了虎莲公主的命，并和她结盟的故事。

或者，我们还可以讲一讲，海盗们做的那个吃了就会死去的大蛋糕，海盗们怎样把它偷偷地放在巧妙的地方。可是，温迪每次都会从孩子们手中把它夺走。时间长了，蛋糕的水分挥发掉了，硬得像块石头。一天夜里，胡克不小心碰到它，还倒霉地摔了一跤。

要不，我们也可以讲一讲和彼得特别友好的那些鸟儿，尤其是永无鸟。这种鸟在礁湖上的一棵树上筑巢，巢落到水中，那鸟却还孵在蛋上。彼得下了命令，不许任何人去惊动它。这故事很美，从结局中可以看到，鸟类是多么感恩图报。可是，我们现在要讲这个故事，就得讲在礁湖发生的整个冒险事件。换句话说，我们得讲两个故事。另一个故事较短，可也同样惊险。叮克铃在游仙的帮助下，把睡着的温迪放在一片大树叶上，想让她自行漂回英国。树叶沉下去了，温迪也醒了过来。她还以为自己正在洗海水澡，就游了回来。此外，我们也可以选这样一个故事讲：彼得向狮子发起挑战。他用箭围着自己画了一个圈，让狮子走进圈来。他等了好几个钟头，孩子们都屏住呼吸在树上看着。可是，没有一只狮子敢接受他的挑战。

这么多冒险故事，你们选哪一段讲呢？也许，最好的办法就是掷钱币来决定。

我掷过了，礁湖得胜。你们也许会希望，得胜的是山谷、蛋糕或温迪的大树叶。我也可以再掷，三次定胜负。不过，最公平的办法，还是就讲礁湖。

第八章　人鱼的礁湖

如果闭上双眼，运气好的时候，你会看见黑暗中悬浮着一汪池水，形状变化不定，颜色淡白，显得十分可爱。这时候，你只要把眼睛眯一眯，水池的形状就出现了，颜色也变得更加鲜明。如果再眯得紧一些，颜色就会变得像着了火。在它着火燃烧之前，你就能看见礁湖。这仅仅是美妙的一瞬间，如果能有两瞬间，你还能看见拍岸的浪花，听见人鱼的歌唱。

孩子们常常在礁湖上消磨夏日，在水里游泳，或在水上漂浮，玩着人鱼的游戏。你以为人鱼们会和他们友好相处？恰恰相反，温迪从来就没有听到她们说过一句客气的话，让她觉得万分遗憾。她偷偷地走近湖边，看到了成群的人鱼。特别是在流囚岩上，她们正在那儿晒太阳，梳理长发。她踮着脚走路，或者轻轻地游到离她们只有一码远的地方。她们发现了她，纷纷潜入水中，有的还故意用尾巴溅她一身水。

人鱼们对待男孩子也是这样不客气，当然只有彼得是例外。彼得和她们谈天说地，甚至在她们嬉皮笑脸的时候，骑上她们的尾巴。有一次，他把她们的一把梳子送给了温迪。

看人鱼的最佳时间，是在月亮初升时。这时候，她们会发出奇异的哭号声。不过呢，那时候的礁湖对于人类来说十分危险。在我们将要谈到的那个夜晚之前，温迪还从来没见过月光下的礁湖。她并不是害怕，而是因为她有着严格的规定：一到7点，人人都必须上床睡觉。她时常在雨过天晴后来到湖畔。那时，人鱼纷纷来到水面上，玩着水泡。彩虹般的水被做成五颜六色的奇异水泡，她们用尾巴欢快地拍来拍去，直到破碎为止。球门就在彩虹两端，只有守门员可以用手接球。有时，礁湖里会有几百个人鱼同时玩水泡，场面十分壮观。

孩子们刚想参加这种游戏，人鱼们立刻钻进水里。看来，孩子们只能自己玩了。

不过，她们其实还在暗中窥视着这帮不速之客，也很乐意从孩子们那儿学到点什么。

约翰引进了一种打水泡的新方法，是用头而不是用手。于是，人鱼守门员也采用了这种方法。毫不夸张地说，这是约翰留在永无乡的一个遗迹。

午饭后，孩子们躺在岩石上休息半小时。周围的景象特别好看，令人心旷神怡。

温迪要求他们必须这样做。即使午饭是假装的，午休也必须是真的。他们全都在阳光下躺着，身体被晒得油光锃亮。温迪坐在他们旁边，神气十足。

整整一天，他们全都躺在流囚岩上。岩石并不比他们的床大多少，但他们本来也不用多占地方。他们打着盹，至少是闭着眼睛。当温迪不注意时，他们会互相挤捏一下。这个时候，温迪正忙着做针线活。

不知过了多久，礁湖上起了变化。水面掠过一阵凉风，太阳消失了，阴影笼罩着湖面，湖水也变冷了。温迪抬头一看，喜笑颜开的礁湖一瞬间变得狰狞可怕。

她知道，来的不是黑夜，而是某种像夜一样甚至比夜还要黑暗的东西。那东西还没有来，但它先从海上送来一阵抖动，说明它已经不远了。那么，究竟是什么呢？

她想起了所有听到过的关于流囚岩的故事。据说，之所以要叫流囚岩，是因为恶船长把水手丢在了岩石上，让他们活活淹死。每当海潮涨起时，岩石就被淹没，水手们就被淹死了。这时候，她应当立刻叫醒孩子们。这是因为，不仅莫名的危险就要临头，而且睡在变冷的岩石上也有害健康。可是，她是一个年幼的母亲，并不懂得这个道理。她坚持认为，必须严格遵守午饭后休息半小时的规矩。尽管她害怕极了，可她却不想叫醒他们。当她听到闷声闷气的划桨声时，她还是没叫醒他们。她站在他们身边，让他们睡足。毫无疑问，温迪是很勇敢的。

幸好有一个男孩子，即使睡着了，也能用鼻子嗅出危险。彼得一纵身起来，立刻清醒了。他发出警告声，唤醒了别的孩子。

"海盗！"他喊道。孩子们都围在他身边。这时候，他的脸上浮出一丝奇特的笑意。细心的温迪看到了，打了一个寒战。每当他脸上露出这种微笑的时候，所有的人只能站着静候他的命令。

命令下得又快又短："潜到水下！"

几秒钟之后，礁湖就荒无人迹了。流囚岩兀立在恶浪汹涌的海水中，简直就像一个被流放者。

船驶近了，那是海盗的小艇，船上有斯密、斯塔奇。第三个是俘虏，可怜的虎莲。她的手脚都被捆绑着，她将被扔在岩石上等死。

在她那个部落的人看来，这种死法要比用火烧死或酷刑折磨还要可怕。但是，她十分从容，因为她是酋长的女儿，死也得死得有骨气。

虎莲是在口衔一把刀登上海盗船时，被海盗捉住的。船上无人看守，胡克夸口说，仅凭他的名气就能在一英里之内护卫他的船。这时，又传来一声哀号。在狂风怒号的夜里，声音会传得很远。

两个海盗并没看见岩石，直到船撞上了才意识到。

"居然顶风行驶，你这个笨蛋！"一个爱尔兰口音喊道，那是斯密的声音，"这就是那块岩石。把这印第安人扔到岩石上，让她淹死在那儿，我们就算完事了。"

把一位美丽的女郎丢在岩石上，真是一件残酷的事。可是，虎莲很高傲，没有一点挣扎。

离岩石不远，眼睛看不见的地方，彼得和温迪的脑袋在水里一起一落。温迪在哭，这是她第一次看到惨剧。彼得见过许多惨剧，本来是无所谓的。因此，他不像温迪那样伤心。但令他气愤的是，居然两个人对付一个。于是，他决意要救她。最容易的方法，就是等海盗离开后再去救她。可是，他做事从来不用容易的办法，因为没有他办不到的事。他开始模仿胡克的声音说话。

"啊嗬咿，你们这些笨蛋！"彼得模仿得惟妙惟肖。

"是！船长。"两个海盗惊愕得面面相觑。

"他准是游泳过来的。"斯塔奇说，他们看不见他。

"我们正准备把印第安人放在岩石上。"斯密喊道。

人鱼纷纷来到水面上，玩着水泡。

两个海盗并没看见岩石，直到船撞上了才意识到。

"放了她。"

"放了？"

"割断绳子，放她走。"

"可是……"

"马上放！"彼得喊道，"要不，就吃我一钩！"

"真是怪事。"斯密喘着气说。

"还是照船长的命令做吧。"斯塔奇战战兢兢。

斯密割断了绑虎莲的绳子。得救的虎莲立刻像泥鳅一样，滑进了水里。

温迪看到彼得这样机灵，非常高兴。可她也知道，自鸣得意的彼得很可能要啼叫几声，反而会暴露他自己。她立刻用手捂住他的嘴。

"小艇，啊嘀咿！"湖面上突然传来胡克的声音，说话的却不是彼得。

彼得正准备啼叫，却立刻撅起嘴、吹出一声惊异的口哨。

"小艇，啊嘀咿！"又来了一声。

温迪明白了，胡克也来到湖上了。

胡克朝着小艇游过去，部下举起灯笼给他引路。借助灯笼的亮光，温迪看到他的铁钩钩住了船边，之后，他水淋淋地爬上了小艇。温迪发抖了，恨不得马上游开。可是，彼得却跃跃欲试，简直忘乎所以。"我是个奇人！啊，我是个奇人！"彼得小声地对温迪说。温迪承认他是个奇人，可是，为了他的名誉着想，她还是很庆幸的，因为没有第三人听到他说的话。

彼得做了一个手势，要她仔细听。

两个海盗很纳闷，船长为什么到这儿来呢？可是，胡克坐在那儿，用铁钩托着头，非常忧郁。

"船长，一切都好吧？"他们小心翼翼地问。

可是，胡克的回答只是一声低吟。

"他叹气了。"斯密说。

"他又叹气了。"斯塔奇说。

"他第三次叹气了。"斯密说。

"怎么了，船长？"

胡克终于开口说话了。

"计谋失败了，"他喊道，"那些男孩竟然找到了一个母亲！"

温迪虽然害怕，却充满了自豪。

"他们真坏。"斯塔奇喊道。

"母亲是什么？"糊涂的斯密问道。

温迪差点就失声叫了出来："他居然不知道！"从此以后，她总觉得，如果要养个小海盗玩，斯密就是首选。

彼得一把将温迪拉到水下，因为胡克惊叫了一声："那是什么？"

"什么也没有啊。"斯塔奇举起灯笼，向水上照。海盗们张望时，正好看到我告诉过你们的那只鸟巢，浮在湖面上，那只永无鸟正伏在巢上。

"瞧瞧吧，"胡克说，"那就是个母亲。这是多好的一课啊！鸟巢一定落到了水里，可母鸟肯舍弃她的卵吗？不会的。"

他在恍惚之间，似乎想起了天真无邪的童年。可是，他一挥铁钩，又拨开了这个软弱的念头。

斯密凝望着那只鸟，看着鸟巢渐渐漂走。可是，多疑的斯塔奇却说："如果她是母亲，没准她故意在附近漂来漂去，目的就是为了掩护彼得。"

"对了，"胡克说，"我最担心的就是这个。"

"船长，"斯密说，"我们为什么不能把孩子们的母亲掳来做我们的母亲呢？"

"你这个计策太棒了。"胡克喊道，立刻就想出了具体方案，"我们把那些孩子抓起来，将他们淹死，温迪就成了我们的母亲了。"

温迪失声叫了起来："绝不！"她的头在水面上冒了一下。

"这是什么？"

什么也看不见，海盗们以为那是风吹树叶的声响。

"伙计们，你们赞成我的计划吗？"胡克问。

"我举手赞成。"他们两个都说。

"我举钩宣誓。"

他们都宣誓了。他们来到岩石上，胡克忽然想起了虎莲。

"那个婆娘在哪儿？"他问。

他有时喜欢开玩笑，他们以为他现在也一样。

"遵照你的吩咐，"斯密美滋滋地回答，"我们把她放了。"

"把她放了！"胡克大叫起来。

"那不是你自己下的命令吗？"水手长结结巴巴地说。

"你在水里下了命令，叫我们把她放了。"斯塔奇说。

"该死！"胡克暴跳如雷，"究竟搞什么鬼？"

他的脸气得发黑，可很快就知道他们说的是实话，万分惊讶。

"伙计们，"他的声音非常古怪，"我确实没发过这样的命令。"

"这可真怪了。"斯密说。

他们全都心慌意乱起来。胡克提高了声音，可明显带着颤抖。

"游荡的精灵鬼怪呀，"他喊道，"你们听到我说话了吗？"

彼得不应该不出声的，可他怎么能当缩头乌龟呢？他学着胡克的声音回答："见你的鬼，我听到了。"

胡克还算镇定，可斯密和斯塔奇已吓得抱作一团。

"你是谁？"胡克问。

"我是詹姆斯·胡克，"一个声音回答，"我是快乐的罗杰号船长。"

"你胡说，你不是！"胡克哑着嗓子喊。

"该死，"那声音反唇相讥，"你再胡说，我就用我的铁钩杀死你！"

"如果你是胡克，"胡克换了一副腔调，几乎是低三下四地说，"那么，我又是谁？"

"一条鳘鱼，"那个声音回答，"你只不过是一条鳘鱼。"

"鳘鱼！"胡克茫然地重复了一句，他那十足的傲气突然泄了气。他看到，他的部下已从他身边挪了几步。

"难道我们拥戴了一条鳘鱼做船长吗？"他们嘟囔着，"这可会降低我们的身份呀。"

他们原本是胡克的狗，现在却反咬他一口。胡克虽然面临尴尬的境地，可他并不太注意他们。要想反驳这个可怕的胡说，他最需要的是自信，而不是他们对他的信任。可是，他现在忽然觉得，他的自信已经荡然无存了。

"别丢下我，伙计们！"他哑着嗓子，低声说。

在他那异常凶悍的天性里，还略微带点女性的特色。所有大海盗都一样，有时也会因此得到一些灵感。于是，他想试一试猜谜游戏。

"胡克，"他问，"你还有别的声音吗？"

遇到游戏，彼得总是最开心的。于是，他用自己的声音回答："有啊。"

"你还有别的名字吗？"

"有的。"

"蔬菜？"

"错！"

"矿物？"

"错！"

"动物？"

"是的。"

"男人！"

"错！"彼得嘹亮地回答，带着一些轻蔑。

"男孩？"

"对。"

"普通的男孩？"

"错！"

"奇异的男孩？"

温迪无奈地听着，这次的回答是"对"。

"你住在英国？"

"错！"

"你住在此地？"

"对。"

胡克完全糊涂了。"你们给他提问题！"他对那两个人说，开始擦他汗湿的前额。

斯密想了想，抱歉地说："我想不出。"

"猜不出啦，"彼得大喊，"你们认输了吗？"

他太骄傲了，游戏玩过了头。

"是的。你究竟是谁啊？"他们急切地说。

"既然认输了，我就告诉你们，"他喊道，"我是彼得·潘！"

一瞬间，胡克又恢复了常态，斯密和斯塔奇再次变成他的忠实部下。

"好啦，我们可以抓住他了！"胡克高声喊道，"斯塔奇，你看好船。斯密，你下水。不管死活，一定要把他抓来。"

说着，他就跳下水去。

就在这时，彼得的声音又出现了："准备好了吗？孩子们？"

"好啦，好啦。"湖的四面八方都响应着。

"那么，向海盗进攻！"

战斗持续时间很短，但异常激烈。头一个使敌人流血的是约翰，他爬上小艇，扑向斯塔奇。经过一场剧烈搏斗，海盗手中的弯刀落掉了。斯塔奇拼命挣扎，跳到了水里。约翰也跟着跳下去。

水面上不时冒出一个脑袋，接着就是一声吼叫，或一声呐喊。在混战中，斯密的开瓶钻捅到了图图的第四根肋骨，他自己又被卷毛刺伤了。在远离岩石的地方，斯塔奇紧追着斯莱特利和孪生子。

那么，彼得又在哪儿呢？不用说，他一定是在寻找更大的猎物。

其他的孩子都很勇敢，但他们必须躲开海盗船长。胡克的铁钩把自身周围变成了死亡地带，孩子们像受到惊吓的鱼一样，逃离这个危险区域。

可是，还是有人不怕胡克的，他还打算走进这个地带，彻底制服胡克。

说来也真奇怪，他们在水里并未相遇。战斗间隙，胡克爬到岩石上喘息。几乎同一时间，彼得也从对面爬了上来。岩石十分滑溜，他们只能匍匐着爬上来。两个人都想抓住一块能着力的地方，居然碰到了对方的手。他们抬起头来，竟然发现他们的脸几乎都挨到了。

有些大英雄承认，他们在每次交手之前，心都不由自主地往下沉。如果彼得也是这样，我根本不必替他隐瞒。不管怎么说，胡克毕竟是海上库克唯一害怕的人啊。可是，彼得当时只有一种感觉：高兴！他咬紧了那口好看的小牙，以最快的速度，拔出胡克皮带上的刀，又深深地插了进去。这时，他看到自己在岩石上的位置比敌人高，这是不公平的。于是，他伸手去拉海盗，被胡克咬了一口。

彼得惊呆了，不是因为疼，而是因为不公平。他不知所措地愣愣地望着，吓傻了。每个孩子第一次遇到不公平的待遇时，都会这样发呆的。谁也不会忘记第一次受到的不公平的待遇，但彼得是个例外。他经常受到不公平，可他总是忘记。这也许就是他和别人迥然不同的地方吧。

所以，彼得现在遇到不公平，就像初次遇到一样，只能愣愣地望着。胡克的铁钩抓了他两次。

几分钟后，一些孩子看见胡克在水里拼命向小艇游去。他那瘟神般的脸上早已失去了得意的神色，留下的只有惨白的恐惧。原来，那只鳄鱼正在后面紧追不舍。平时，孩子们会一边游泳，一边欢呼。可这一次，他们有点不安，因为不见了彼得和温迪。他们到处喊着他们的名字，却没有人回答，只能听到人鱼嘲讽的笑声。

"他们准是游回去了，要不就是飞回去了。"孩子们断定并不十分着急，因为他们很相信彼得。他们像男孩子一样咯咯地笑，因为今晚可以晚睡了，这全是温迪妈妈的错，和他们自己无关。

当他们的笑语声消失后，湖面上一片冷清。随后，忽然传来一声微弱的呼叫："救命啊！"

有两个小人正朝岩石游来，女孩已经昏了过去，躺在男孩的臂上。彼得使出最后一点力气，把温迪拽上岩石。然后，他也躺倒了。虽然他昏迷了，却知道湖水正在不断上涨。他们很快就要被淹死，可他实在无能为力了。

他们躺在岩石上时，一条人鱼抓住温迪的脚，想把她往水里拽。彼得及时发觉了，立刻把她拉回来。现在，他必须告诉温迪实情了。

"我们在岩石上，温迪，"他说，"可这岩石越来越小了，水很快就会把它淹没。"

可是，温迪并没有意识到问题的严重性。

"我们得走。"她开朗地说。

"不错。"彼得无精打采地回答。

"那么，我们是游泳还是飞？"

彼得告诉她："你以为没有我的帮助，你能游泳或飞那么远，回到岛上去吗？"

这时，彼得呻吟了一声。

"你怎么啦？"温迪着急起来。

"我没法帮助你，胡克把我打伤了。我现在既不能飞，也不能游泳。"

"你的意思是，我们都要被淹死吗？"

"你瞧，这水涨得多快！"

他们用手捂住眼睛，不敢去看。他们心想，很快就要完了，没有办法。这时候，一样东西在彼得身上触了一下，随后就停在那儿不动了，似乎在怯生生地问："我能帮点忙吗？"

那是一只风筝的尾巴，这只风筝是迈克尔几天前做的。当时，它挣脱了迈克尔的手，很快就漂走了。

"迈克尔的风筝。"彼得淡淡地说。可是，紧接着，他突然把风筝拉到自己身边。

"这只风筝既然能把迈克尔从地上拉起来，"他喊道，"为什么不能把你带走呢？"

"把我们两个都带走吧！"

"它带不动两个，迈克尔和卷毛试过。"

"那我们抽签决定吧。"温迪勇敢地说。

温迪抓住风筝的尾巴，很快就飘走了。

他脸上带着微笑，自言自语道，"去死是一次最大的冒险！"

"你是女孩，理应优先。"彼得把风筝系在她身上。温迪抱住他不放，不肯单独离开。可是，彼得说了一声"再见，温迪"，就把她推下岩石。不多会儿，她就飘走了。彼得独自留在湖上。

　　岩石越来越小，很快就会被完全淹没了。惨白的光袭上海面，彼得知道，很快就能听到世上最美妙动听、最凄凉悲切的人鱼唱歌了。

　　彼得是与众不同的，可他到底也害怕了。他浑身战栗，就像海面掠过的波涛。不过，波涛是一浪逐一浪，以致形成千层波涛。可是，彼得感觉到的只是一阵战栗。转眼间，他又挺立在岩石上。他脸上带着微笑，自言自语道："去死是一次最大的冒险！"

第九章 永无鸟

礁湖上只剩下彼得一人，他最后听到的声音，就是人鱼回到海底寝室时的响动。大概是因为距离太远，他没能听见关门的声音。不过，她们所居住的珊瑚窟，门上都有小铃，在开门关门时发出叮当声。这铃声很响，彼得听到了。

海水渐渐涨上来，一小口一小口地吞噬彼得的脚。在海水吞没他以前，为了消磨时间，他凝视着礁湖上的唯一的物品。那大概是一张漂浮的纸片，或许还是那只风筝的一部分。他闲得无聊，便估算着那东西漂到岸边需要多少时间。

忽然，他发现这东西异乎寻常，它来到湖上肯定带有某种目的！它正在逆浪而行，有时也能战胜了海浪。每次它战胜时，总会同情弱者的彼得就忍不住拍起手来：好勇敢的一张纸片。

其实，那不是一张纸片，而是永无鸟。它正坐在巢上拼命向彼得划来。自从它落到水上以后，它就学会了用翅膀划水，也能勉强行驶那只奇异的小船。在彼得认出它来时，它已经非常疲乏了。它是来救彼得的，要把巢让给他，尽管巢里有卵。彼得虽然待它好，可有时也捉弄它。这鸟大概也像达林太太一样，看到彼得一口乳牙未换，就动了慈悲心。

那鸟告诉彼得，它来是为了什么。彼得也问那鸟，它在那儿干什么。自然，他们都听不懂对方的话。在一切幻想故事里，人和鸟可以自由交谈。在这个故事里，我也希望彼得可以和永无鸟随意问答。但最好还是实话实说，我只想说实际发生的事情。他们不但无法进行语言交流，连礼貌都忘记了。

"你——到——巢——里——来。"那鸟尽量说得慢些、清楚些，"你——就——可——以——漂——到——岸——上——去……可——我——太——累——了，不——能——再——靠——拢——你，你——得——想——法——自——

114

彼得坐在鸟巢里，把鸟卵放在帽子里，
两全其美。

己——游——过——来。"

"你唧唧喳喳地瞎叫些什么呀?"彼得回答,"你为什么不像往常一样,让你的巢随风漂流?"

"你——到——巢……"鸟又重复了一遍刚才的话。

接着,彼得也又慢又清楚地说:

"你——唧——唧——喳——喳——地——瞎——叫——些——什——么——呀?"

永无鸟烦躁起来,这种鸟的脾气本来就很急。

"你这个呆头呆脑的小傻瓜,"它尖声叫道,"为什么不照我的吩咐去做?"

彼得觉得它在骂自己,便气冲冲地回敬了一句:"骂你自己呢!"

说也奇怪,他们竟互相对骂起同一句话来:

"闭嘴!"

"闭嘴!"

不过,这鸟还是决心救彼得。它作了最后的努力,终于使巢靠上了岩石。然后,它飞了起来,丢下了它的卵。

彼得总算明白了,他抓住鸟巢,向空中飞着的鸟挥一挥手,表示谢意。永无鸟在空中飞来飞去,并不是为了领受他的谢意,也不是要看他怎样爬进巢里,而是要看他怎样对待它的卵。

巢里有两只大白卵,彼得把它们捧了起来。那鸟用翅膀捂住了脸,不敢看卵的下场。可是,它还是忍不住从羽毛缝里窥望。

岩石上有一块木板,那是很久以前海盗钉在那儿的,专门用来标志埋藏财宝的位置。后来,孩子们发现了这堆宝藏,淘气劲儿一上来,就抓起金币、钻石、珍珠,抛向海鸥。那些海鸥还以为是食物,纷纷扑过来啄食。意识到上当之后,它们对这种恶作剧非常恼怒,气得飞走了。现在,木板还在那儿,斯塔奇把他的帽子挂在上面。这是一顶宽边的帽子,是用防水油布制成的。彼得先把卵放在帽子里,再把帽子放在水上,它就平稳地漂起来了。

永无鸟看清了彼得的妙策，高声欢叫，表示钦佩。彼得也应声欢呼起来。然后，他跨进巢去，把木板当做桅杆，又把衬衣挂在上面当帆。那只鸟飞落到帽子上，又安安逸逸地孵起卵来。鸟向这边漂去，彼得向那边漂去，都很开心。

彼得上岸后，把鸟巢放在一处鸟容易看见的醒目的地方。可是，那顶帽子太可心了，那鸟竟然放弃了这个巢。巢漂来漂去，直到最后完全散了架。后来，斯塔奇每次来到湖上，总看见那鸟孵在他的帽子上，真是好不恼怒。由于我们以后再也见不到永无鸟了，所以得在这里提一提，所有的永无鸟现在都把巢筑成这个样子，有一道宽边，方便幼雏在上面溜达散心。

彼得回到地下的家时，被风筝拽着东飘西荡的温迪也刚到家。大家兴高采烈，每个孩子都有一段奇特的冒险故事可讲。可是，最大的一件事还是他们已经迟睡了好几个小时。这件事使他们非常得意，他们磨磨蹭蹭，要求包扎伤口什么的，目的就是继续推迟上床的时间。温迪呢，看到他们平平安安地回了家，非常开心。可是，时间太晚了。于是，她喊道："全都给我上床去！"那声调使人不得不服从。不过，到了第二天，她又变得异常温柔，给每个孩子都包扎了绷带。他们有的跛着脚，有的吊着胳臂，一直玩到上床睡觉。

第十章　快乐家庭

礁湖上的这次交锋产生了一个好结果，那就是彼得和印第安人交上了朋友。彼得把虎莲从厄运中救了出来，她和她的勇士们自然乐于全力相助。他们整夜坐在上面，守卫着地下的家，防备着海盗们可能发动的大举进攻。即使在白天，印第安人也在附近转悠，悠闲地吸着烟斗，好像在等着送来什么精美的小吃。

印第安人称彼得为"伟大的白人父亲"，纷纷匍匐在他面前。彼得对此自然很受用，但这对他并没有太多的好处。

每当他们拜倒在脚下时，他就威严地说："伟大的白人父亲很乐意看到你们这些小红战士保卫他们的小屋，抵抗海盗。"

"俺虎莲，"那个可爱的人儿说，"彼得·潘救了俺，俺是他的好朋友，决不让海盗伤害他！"

虎莲太漂亮了，本不该这样谦恭地奉承彼得。不过，彼得认为他受之无愧："彼得·潘有令，这很好。"

每次他说"彼得·潘有令"，意思就是叫他们闭嘴。他们也就心领神会，不再多说了。但是，他们对其他孩子可不这么恭敬，只把他们看成普通的勇士，见面也只说声"你好"之类。孩子们最觉得可恼的是，彼得居然认为这是理所当然的。

温迪有点同情那些孩子，但她是一个忠实贤惠的主妇，对于抱怨父亲的话，从来就一概不听。"父亲永远是对的。"她总是这样说，不管她个人的看法怎么样。至于个人的看法，她认为印第安人不该管她叫老婆。

这一天来到了，他们称之为"夜中之夜"，因为这一夜发生的事情及其后果特别重要。白天一切平安无事，似乎是在养精蓄锐。此刻，印第安人正裹着毯子站岗，孩子们正在地下吃晚饭。只有彼得外出，他去探听钟点去了。在这个岛上，探听钟

印第安人称彼得为"伟大的白人父亲"，纷纷匍匐在他面前。

点的唯一方法是：找到那条鳄鱼，倾听它肚里的钟报时。

这顿饭是一顿假想的茶点。他们围坐在一起，狼吞虎咽。他们聊天、斗嘴，声音大得让温迪感到震耳欲聋。当然了，温迪并不怎么在乎吵闹。可是，她决不允许他们乱抢东西吃。吃饭时，他们有 条规定：对于他人的挑衅，不许回击，而应及时向温迪礼貌地举起右手说："我控告某某人。"可实际上，他们不是忘记这样做，就是做得太多了。

"不要吵！"温迪喊道，她已经第 20 次告诉他们不要同时讲话，"你的葫芦杯空了吗，斯莱特利宝贝？"

"还没有，妈妈。"斯莱特利望了一眼假想的杯子，然后说。

"他连牛奶都没喝呢。"尼布斯插嘴。

他这是告状，斯莱特利立刻抓住了这个机会："我控告尼布斯。"

不过，约翰先举起了手。

"你有什么事，约翰？"

"彼得不在，我能不能坐他的椅子？"

"坐父亲的椅子，约翰！"温迪认为，这简直不成体统，"当然不可以。"

"可他并不是我们的父亲，"约翰回答，"他甚至不知道怎样做父亲，还是我教他的。"

他这是抱怨。"我们控告约翰。"两个孪生子喊道。

图图举起了手。他是孩子中最谦逊的一个，也是唯一的谦逊的孩子。所以，温迪对他始终特别温和。

"我估计，"图图虚心地说，"我是当不了父亲的。"

"不行，图图。"

图图平时很少开口的，可一旦开口，就会傻里傻气地说个没完。

"我既然当不了父亲，"他心情沉重地说，"那么，迈克尔，你不肯让我来当婴孩吧？"

"我不让。"迈克尔厉声回答，他已经钻进了摇篮。

"我既然也当不了婴孩，"图图的心情越来越沉重了，"那你们觉得我能当一个孪生子吗？"

"当然不能，"孪生子回答，"当孪生子是很不容易的。"

"既然我什么角色也当不了，"图图说，"那你们有谁愿意看我表演一套把戏？"

"不！"大家齐声回答。

他只得住口："我真是一点希望也没有了。"

讨厌的告发又开始了。

"斯莱特利在饭桌上咳嗽。"

"孪生子吃马米果啦。"

"卷毛又吃塔帕卷又吃甜薯。"

"尼布斯满嘴的食物还说话。"

"我控告孪生子。"

"我控告卷毛。"

"我控告尼布斯。"

"我的天哪，"温迪喊道，"我真觉得，孩子们给人的麻烦，远比乐趣多。"

她吩咐他们收拾饭桌，自己坐下来做针线。针线筐里装满了长袜子，每只袜子照例都有一个洞。

"温迪，"迈克尔抗议说，"我实在太大了，不能再睡摇篮了。"

"总得有人睡摇篮呀，"温迪声色俱厉地说，"你是最小的一个，摇篮是全家最可爱的东西。"

温迪做针线的时候，他们就在她身边玩耍。那么多笑盈盈的脸，那么多欢蹦乱跳的小胳臂小腿，被炉火照得又红又亮。在地下的家里，这种景象是常见的。不过，我们是最后一次见到了。

上面似乎有脚步声，第一个听出来的当然是温迪。

那么多笑盈盈的脸，那么多欢蹦乱跳的小胳臂小腿，被炉火照得又红又亮。

"孩子们，我听见你们父亲的脚步声了，他喜欢你们到门口去迎接他。"

在上面，印第安人向彼得鞠躬致意。

"好好看守，勇士们，我说的。"

然后，孩子们簇拥着他下了树洞。这样的事是常有的，但以后再也不会有了。

他给孩子们带来不少坚果，又给温迪带来准确的钟点。

"彼得，你把他们惯坏了。"温迪笑着说。

"是啊，老太婆。"彼得挂起了他的枪。

"是我告诉他的，要称母亲老太婆。"迈克尔悄悄地对卷毛说。

"我控告迈克尔。"卷毛叫道。

孪生子中的老大对彼得说："父亲，我们想跳舞。"

"那就跳吧，小家伙。"彼得的兴致很高。

"可是，我们要你也和我们一起跳。"

彼得是他们当中跳得最好的一个，但他假装吃惊地说："我这把老骨头都要嘎嘎作响啦。"

"妈妈也要跳。"

"什么，"温迪喊，"一大群孩子的母亲还能跳舞？"

"可现在是星期六晚上啊！"斯莱特利讨好地说。

其实，那并不是星期六晚上，因为他们早就忘记了计算日期。但是，如果他们想做点什么特别的事，就总是说，这是星期六晚上。

"没错，这是星期六晚上，彼得。"温迪有点回心转意了。

"像我们家……"

"但现在只是跟孩子一起。"

"当然可以。"

于是，他告诉他们可以跳舞，不过要先穿睡衣。

"是啊，老太婆。"彼得一边对温迪说，一边向炉前取暖，并低头看着温迪坐在那里补一只袜子后跟，"劳累了一整天，你我坐在炉前，小家伙围在身边，这样度过一个晚上，真是再愉快没有的了。"

"确实是这样！"温迪心满意足地说，"彼得，我觉得卷毛的鼻子像你。"

"迈克尔像你。"

温迪走到彼得面前，两手搭在他的肩上。

"亲爱的彼得，"温迪说，"养育这么一大家子，我的青春已过，不再年轻，你不会扔下我换一个吧？"

"当然不会，温迪。"

彼得有点不安地望着温迪，眨巴着眼睛。你说不清他究竟是醒着，还是睡着了。

"彼得，你怎么回事？"

"我在想，"彼得有一点恐慌，"我是他们的父亲，这是假装的，对不对？"

"是啊，怎么了？"温迪严肃地说。

"你瞧，"彼得接着说，"如果做他们真正的父亲，我就会显得很老。"

"可他们是你和我的。"

"但这并不是真的，温迪？"彼得焦急地问。

"你要是不愿意，就不是真的。"温迪回答。她清楚地听到了彼得松了一口气。"彼得，"她镇定地说，"你对我的真实感情究竟怎么样？"

"就像一个孝顺的儿子，温迪。"

"呵呵，我早就料到了。"温迪走到屋里最远的一头，独自坐下。

"你这个人真怪，"彼得坦白地表示他的迷惑不解，"虎莲也正是这样。她想要做我的什么，可又说不是做我的母亲。"

"当然不是。"温迪语气重重地说。现在，我们终于明白了，她为什么对印第安人没有太多的好感了。

"那她究竟想做我的什么？"

"这不是一位小姐该说的话。"

"那好吧，"彼得有点挖苦地说，"也许叮克铃会告诉我的。"

"那当然，叮克铃会告诉你。"温迪轻蔑地回敬道，"她是个放荡的小东西。"

叮克铃正在偷听，这时便尖声嚷出了一句无礼的话。

"她说，她以放荡为荣。"彼得翻译道。

彼得忽然想到一个问题："也许叮克铃愿意做我的母亲吧？"

"你这个笨蛋！"叮克铃怒气冲冲地喊道。

这句话她说了很多次了，温迪不需要翻译也明白是什么意思。

"我和她有同感。"温迪怒气冲冲地说。想想看，就连温迪也会怒冲冲地说话，可见她真的受够了，而且她也完全没有想到这个晚上会发生什么事。如果她早知道的话，她肯定不会发火的。

谁也不知道，也许不知道更好一些。正因为懵懵懂懂，才能再享受一小时的快乐。由于这是他们在岛上的最后一小时，就让他们拥有足足 60 分钟的快乐吧。他们穿着睡衣又唱又跳，唱着一首叫人愉快得起鸡皮疙瘩的歌。在歌中，他们假装害怕自己的影子。他们不知道，阴影很快就会笼罩着他们，使他们陷入真正的恐惧。他们的舞跳得欢快热闹，床上床下开始互相打闹。其实，这是一场枕头战，而不是单纯的跳舞了。打完之后，那些枕头也一定要再打一阵，就像一帮知道永远不会再见的伙伴一样。在温迪讲完故事以前，他们讲了多少故事啊！就连斯莱特利也想讲一个，可一开头就沉闷乏味，实在讲不下去了。于是，他沮丧地说："这个开头没什么意思，那就把它当做结尾吧。"

最后，他们都在床上听温迪讲的有趣故事。这故事是他们最爱听的，但却是彼得最不爱听的。平时，只要温迪一讲这个故事，彼得就会离开这屋子，或者用手捂住耳朵。这一次，如果他这样做了，他们或许还会留在岛上。可是，今晚却比较反常，彼得仍旧坐在小凳子上。

第十一章　温迪的故事

"好吧，听着，"温迪坐下来，开始讲故事。迈克尔坐在她的脚下，七个孩子坐在床上。"从前有一位先生……"

"我宁愿他是位太太。"卷毛说。

"我希望他是只白老鼠。"尼布斯说。

"安静，"母亲命令道，"还有一位太太，而且这位太太……"

"妈妈，"孪生子里的老大说，"你是说还有一位太太，对不对？她没有死，对不对？"

"当然没有。"

"她没有死，我太高兴了，"图图说，"你高兴吗，约翰？"

"我也高兴。"

"你高兴吗，尼布斯？"

"很高兴。"

"你们高兴吗，孪生子？"

"高兴。"

"唉，天哪。"温迪叹了口气。

"别吵！"彼得认为，应该让温迪把故事讲完才算公道，尽管他很讨厌这个故事。

"这位先生姓达林，"温迪接着说，"他的太太就叫达林太太。"

"我认识他们。"约翰马上说，想在别的孩子面前确立一点优势。

"我想，我也应该认识他们。"迈克尔有点迟疑地说。

"他们已经结了婚，你们知道吧，"温迪解释说，"你们知道他们有了什么？"

"白老鼠。"尼布斯灵机一动。

温迪坐下来，开始讲故事。

"不是。"

"这可真难猜呀。"图图说，尽管这个故事他早就背得烂熟。

"安静，图图。他们一共有三个后代。"

"什么叫后代？"

"你就是一个后代，孪生子。"

"你听见没有，约翰？我就是一个后代！"

"后代就是孩子的意思。"约翰说。

"天哪，天哪，"温迪叹气说，"好吧，这三个孩子有一位忠实的保姆，名叫娜娜。可是，达林先生老把它拴在院子里。于是，这三个孩子就全都飞走了。"

"这故事真不错。"尼布斯说。

"他们飞到了永无乡，"温迪说，"那些遗失的孩子们也住在那儿。"

"我猜想他们就是在那儿，"卷毛兴奋地插嘴说，"不知为什么，我觉得他们就是在那儿。"

"啊，温迪，"图图喊道，"在遗失的孩子里，是不是有一个叫图图的？"

"是的。"

"我在一个故事里啦，哈哈，我在一个故事里啦，尼布斯。"

"住口！现在，我要你们考虑一个问题：孩子们都飞走了，那对不幸的父母心情会怎样呢？"

"唉！"他们全都哀叹起来，虽然他们觉得那对不幸的父母与他们毫无关系。

"想想那些空着的床！"

"唉！"

"真惨哪。"孪生子中的老大开心地说。

"依我看，这个故事不会有什么好结果。"孪生子中的老二说，"你说呢，尼布斯？"

"我很担心。"

"如果你们知道母爱是多么伟大，"温迪得意地告诉他们，"你们就不会害怕了。"

现在，她开始讲彼得最讨厌的那部分。

"我喜欢母亲的爱。"图图一边说，一边砸了尼布斯一枕头，"你喜欢母亲的爱吗？尼布斯？"

"我当然喜欢。"尼布斯说，把枕头砸了回去。

"你瞧啊，"温迪愉快地说，"故事里的女主人公知道，他们的母亲老是让窗子开着，好让她的孩子飞回来。所以，他们在外面许多年。"

"那他们到底回过家没有？"

"现在，"温迪鼓起勇气，进行最后的努力，"让我们看看将来的事吧。"

于是，大家都扭动了一下，因为这样可以更容易看到将来。

"过了许多年，一位漂亮小姐在伦敦车站下了火车。大家猜一猜，她会是谁呢？"

"温迪，她是谁？"尼布斯喊道，浑身都兴奋起来，就像他完全不知道似的。

"会不会是——是——不是——正是——美丽的温迪呢？"

"啊！"

"那么，陪着她一道下车的那两个仪表堂堂的男子汉又会是谁？会不会就是约翰和迈克尔呢？正是！"

"啊！"

"'你们瞧，亲爱的弟弟，'温迪指着上面，'那扇窗子一直开着。正因为我们对母爱有着崇高的信念，我们终于得到了报偿。'于是，他们就飞起来了，很快就飞到了爸爸妈妈的身边。那个重逢的快乐场面，绝不是笔墨所能描写的，我们就不去细说了。"

这个故事就是这样，听的人和讲的人一样高兴。这故事讲得合情合理，是不是？我们有时会像那些没心没肺的孩子那样，说走就走。不过，这些孩子有时也怪逗人喜爱的。走了之后，他们会自私自利地玩个痛快。一旦需要有人特别关照时，他们又会自动回来，并且很有把握地知道，他们不但不受惩罚，还会得到奖赏。

他们对母爱深信不疑，以至于他们觉得，完全可以在外面多逗留一些时间。

可是，有一个人无疑比他们懂得更多。温迪讲完后，他发出了一声沉重的呻吟。

"怎么回事啊，彼得？"温迪跑到彼得身边，关切地抚摸着他的胸口，"你哪儿疼，彼得？"

"不是那种疼。"彼得阴沉地回答。

"那是什么样的疼？"

"温迪，我觉得，你对母亲们的看法完全不对。"

他们全都不安地围拢过来，因为彼得的激动让大家惊慌起来。于是，彼得一五一十地说出了一直深藏在心里的话。

"很久很久以前，"彼得说，"我也和你们一样，相信我的母亲会永远开着窗子等我。所以，我在外面待了很长时间才飞回去。可是，窗子已经上了栓，因为母亲把我全忘了，有一个小男孩居然睡在我的床上！"

我不敢说这是真的，因为我确实不了解情况。但是，彼得认为这是真的。这可把他们吓坏了。

"你能肯定母亲们就是这样的吗？"

"是的。"

母亲们原来是这样卑鄙的！

不过，什么时候应该放弃自己的信念，只有小孩自己最清楚。"温迪，我们回家吧。"约翰和迈克尔喊道。

"好吧。"温迪说，搂起他们来。

"回家？该不会是今晚吧？"遗失的孩子们有点迷惑。在他们心里，没有母亲也可以过得很好，只有母亲们才认为，孩子们离开她们就没法过。

"马上就走！"温迪果断地说。她忽然产生一个可怕的念头："说不定母亲这时已在哀悼我们了。"

这种恐惧使她完全忘记了彼得的心情，她对彼得说："彼得，请你作好必要的准备，好吗？"

"遵命。"彼得冷淡地回答，那神态就像温迪请他递个干果似的。

两人之间连惜别的话也没说。如果温迪不在乎分手，他也要让她瞧瞧，他彼得也不在乎。

不过，他其实是非常在乎的；他对那些大人有着一肚子的怨气，因为那些大人老是把一切搞糟。每当他钻进树洞时，他就故意短促地呼吸，每秒钟竟然呼吸五次。他之所以这样做，是因为在永无乡流传一个说法：你每呼吸一次，就有一个大人死去。所以，彼得就心存报复，希望把他们杀死越多越好。

他向印第安人作了交代，就回到地下的家。在他离开的这一小段时间里，家里竟发生了预料不到的事情。那些遗失的孩子们不愿让温迪离开，竟威胁起她来。

"事情肯定会比她来以前更糟。"他们嚷道。

"我们坚决不让她走。"

"我们干脆把她拘禁起来吧。"

"我赞成，把她锁起来。"

身陷困境中的温迪灵机一动，想到了应该向谁求助。

"图图，"她喊道，"我向你申诉。"

太奇怪了！她竟然向图图申诉，图图可是最笨的一个孩子啊。

然而，图图在那一刻，毅然甩掉了他的愚笨，转而庄重地作了回答。

"我不过是图图，"他说，"谁也不拿我当回事。但是，如果有人对温迪的态度不像个英国绅士，我就要狠狠地叫他流血！"

说着，他拔出了刀。这一刻，他表现出不可一世的高昂气势。其他孩子不安地退了下去。就在这时，彼得回来了。他们很快就看出来了，从他那儿也得不到任何支持。他不可能违背一个女孩的意愿，强留她在永无乡。

"温迪，"彼得在房里踱来踱去，"我已吩咐印第安人护送你们走出树林，因为飞行会使你们过于疲劳。"

"谢谢你，彼得。"

"然后，"彼得又用让人服从的短促而尖锐的声音说，"叮克铃要带你们过海。尼布斯，叫醒她。"

尼布斯敲了两次门，才听到回答。其实，叮克铃早就坐在床上，偷听多时了。

"你是什么人？给我滚开！"她嚷道。

"该起床啦，叮克铃，"尼布斯喊道，"带温迪出远门。"

当然，叮克铃是很高兴温迪离开的。可她下定决心，不会做温迪的领路人。于是，她不客气地表明了自己的立场。随后，她假装又睡着了。

"她说她不起来。"尼布斯大声叫道，对她公然抗命十分吃惊。于是，彼得便向那位女郎的寝室走去。

"叮克铃，"他大喊一声，"如果你不立刻起床穿衣，我就要拉开门帘，让大家都看到你穿睡袍的样子。"

她一下子跳到地上："谁说我不起来？"

这时候，那些孩子都愁容满面地望着温迪。温迪、约翰和迈克尔已经收拾停当，准备上路。孩子们心情沮丧，不单是因为他们就要失去温迪，而且也是因为他们觉得有什么好事在等着温迪，可他们却没有份。要知道，新奇的事一向是他们所喜欢的。

温迪感受到他们心中的纯真感情，不由得心软了。

"亲爱的孩子们，"她说，"如果你们和我一道去，我可以肯定，我的父亲和母亲一定会把你们收养下来的。"

这个邀请原本是特别对彼得说的。可是，每个孩子都只想到自己，立刻快活得跳了起来。

"可是，他们会不会嫌我们人太多？"尼布斯问道。

"不会的，"温迪很快就合计出来，"只要在客厅加几张床就行了。每个礼拜四是我们家接待客人的日子，可以把床放在屏风后面。"

"彼得，我们可以去吗？"孩子们恳求道。他们以为不成问题，他们都去了，他也一定会去的。即使他不去，他们其实也并不在乎。孩子们就是这样，只要有新奇的事出现，他们甚至会立刻扔下最亲爱的人。

"那好吧。"彼得苦笑着说。孩子们立刻跑去收拾自己的东西。

"现在，彼得，"温迪心想一切都很完美，"在走之前，我要给你们吃药。"她喜欢给他们药吃，而且一定会给得较多。当然啦，那实际上是清水，只不过水是从葫芦瓶里倒出来的。温迪摇晃着葫芦瓶，准确地数着滴数，这就使得那水有了特殊的药性。但是，这一次，她没有给彼得吃。因为她刚要给他吃的时候，发现他的脸上的神情有些异样。

"去收拾你的东西吧，彼得。"温迪颤抖着说道。

"不，"彼得装作若无其事的样子，"我不跟你们去。"

"你要去的，彼得。"

"不。"

为了表示对温迪的离去无动于衷，彼得貌似轻松地在房里来回溜达，还美滋滋地吹着那支没心没肺的笛子。温迪只得追着他跑，尽管那样子不太体面。

"去找你的母亲吧。"温迪怂恿说。

如果彼得真有一个母亲，他现在已不再惦记她了。没有母亲，他照样过得挺好。他早看透她们了，他想得起的只是她们的坏处。

"不！"彼得斩钉截铁地告诉温迪，"也许母亲会说，我已经长大了。可我只愿意永远做个小男孩，永远地玩。"

"可是，彼得……"

"不。"

这个消息必须告诉所有的人。

"彼得不打算去。"

彼得不去！孩子们呆呆地望着他，不知所措。他们每人肩上扛着一根木棍，木棍的一头挂着一个包袱。他们的第一个念头是，如果彼得不去，他或许会改变主意，也不让他们去。

但是，彼得实在是太高傲了，根本就不屑于这样做。

"要是你们找到了自己的母亲，"他阴沉地说，"但愿你们会喜欢她。"

这句颇有讥讽意味的话，使孩子们很不自在，露出疑惑的神色。他们似乎在犹豫：到头来，要是真去的话，会不会是傻瓜呢？

"好啦，"彼得喊道，"别心烦，别哭鼻子，再见吧，温迪。"

他痛痛快快地伸出手，就像他们真的要走似的，因为他还有很重要的事情要做。

温迪握了握他的手，彼得没有表示他想要一只"顶针"。

"记得换你的法兰绒衣裳，彼得！"温迪恋恋不舍地望着他，她对他们的法兰绒衣裳总是非常在意的。

"好。"

"你要吃药！"

"好。"

该说的都说了，接着便是别扭的沉默。但彼得不是那种在人前痛哭流涕的人。"叮克铃，你准备好了吗？"他大声喊道。

"好了，好了。"

"那就赶紧带路吧。"

叮克铃飞上最近一棵树。可是，没有人跟随她，因为就在这时候，海盗们对印第安人发起了一场可怕的进攻。地面上本来悄无声息，现在则到处响起呐喊声和兵器撞击声。地下死一般的寂静。一张张嘴张大了，并且一直张着。温迪跪了下来，两臂伸向彼得。所有的手臂都伸向他，向他发出大声的请求，求他不要抛下他们。彼得呢，他一把抓起剑，就是那把他以为用来杀死了巴比克的剑，眼里闪耀着渴望作战的光芒。

彼得呢，他一把抓起剑，就是那把他以为用来杀死
了巴比克的剑，眼里闪耀着渴望作战的光芒。

第十二章　孩子们被抓走了

海盗的袭击纯粹是一次出其不意的奇袭，这就足以证明胡克指挥不当。要对印第安人进行奇袭，白人的智力是根本达不到的。

按照半开化民族的不成文法，首先发起攻击的总是印第安人。印第安人总是在拂晓前出击，因为他们认为这个时候正是白人士气最低落的时候。同时，白人也在起伏不平的山地的最高点筑起了简陋的栅栏。山脚下，奔流着一条小河。如果离水太远，就难以生存。他们就在那儿等待着袭击。

没有经验的人往往紧握手枪，踏着枯枝来回走动。老手们却安安逸逸地睡觉，一直睡到天亮。在漫漫长夜里，印第安人的侦察兵躲在草丛里，像蛇一样匍匐潜行，连一根草叶都不触动。一点声响也听不到，除了他们偶尔惟妙惟肖地学着草原狼，发出凄凉的嗥叫。这声嗥叫又得到其他人的呼应，有的人甚至叫得比真正的草原狼还要好。寒夜就这样渐渐地过去，长时间的担惊受怕让那些白人感觉十分难熬。可是，在经验丰富的老手看来，那些阴森可怖的嗥叫声，以及更加阴森可怖的寂静无声，只不过说明黑夜是如何行进的。

这种情况，胡克原本是一清二楚的。如果他忽略了，就不能看做是他的无知而原谅他。

印第安人呢，他们完全相信胡克是信守自己的准则的。他们在这一夜的行动，正和胡克的行动相反，使他们的部落闻名的那些事，他们都一一照办了。他们感觉灵敏，是文明人既惊羡又恐惧的。只要一个海盗踩响一根干树枝，他们立刻就知道海盗们已经来到了岛上。眨眼间，就开始了草原狼的嗥叫声。从胡克的队伍登陆的海岸，直到大树下的地下之家，每一寸地面都被他们暗中勘察过了。他们发现只有一座土丘，山脚有一条小河。因此，胡克别无选择，只能在这里暂驻，等候天明。

印第安人极为诡谲地布置好一切，他们的主力部队就裹起毯子，守候在孩子们的家屋上面，等待着那个严峻的时刻。

他们虽然醒着，却正做着美梦，梦想黎明时严刑拷打胡克。却不料，反倒被狡猾的胡克发现。据一位从这次屠杀中逃出来的印第安侦察兵说，胡克根本就没有在那座土丘前停留。在夜光里，他肯定看到了那座土丘。他始终没有打算等着印第安人来攻击，他连等待天亮都等不及了。他的策略不是别的，就是立刻动手。印第安侦察兵原是精通多种战术的，却没有他这一手，只得无奈地跟在胡克后面。当他们发出一声草原狼的哀号时，不慎暴露了自己。

勇敢的虎莲聚集了 12 名最健壮、最强悍的武士，他们突然发现诡计多端的海盗正向他们袭来。梦想胜利的纱幕，一下子就从他们眼前扯开了。看起来，要想用酷刑收拾胡克是办不到了，现在是他们痛痛快快地行猎的时候了。这一点，他们心里非常清楚。如果他们很快地聚拢，列成密集的阵式，那会是很难攻破的。但是，印第安种族的传统禁止他们这样做。有一条成文的守则规定：凡是高贵的印第安人，在白人面前不可表现得惊慌失措。海盗的突然出现使他们惊骇，但他们却傲然屹立，纹丝不动，似乎这些敌人是应邀前来做客。遵守了这一惯例之后，他们才握起武器，发出震天的喊杀声。可是，已经太晚了。

这哪里是战斗，简直是屠杀，我们就不去细说了。

印第安部落的许多优秀战士就这样被消灭了。不过，他们也并没有白白死去。随着海盗瘦狼的倒下，阿尔夫·梅森也送了命，再也不能侵扰西班牙海岸了。还有乔治·斯库利、查理·托利以及阿尔塞人福格蒂等人也一命呜呼。托利死在可怕的豹子的斧头下，豹子和虎莲以及少数残余部队杀出一条血路，逃了出去。

在这次战斗中，胡克的战略究竟有多少值得肯定和可以指责的地方，还是让历史学家去裁决吧。如果他待在土丘上等待黎明时再交手，他和他的部下可能全都被消灭了。要想客观评定他的功过得失，必须把这一点考虑进去。他也许应该预先通知对方他会采取什么新的策略。不过，那样一来，就不能做到出其不意，攻其不备了，他的战略计划也肯定会落空。因此，这个问题很难下结论。不过，凭借他的智慧能构想出这样一个大胆的计划，凭借他狠毒的手下能实现这个计划，我们不能不佩服。

在那个胜利的时刻，胡克是怎么想的呢？对此，他的手下都不知道。他们气喘吁吁地擦着刀，远远地躲避着那只令人望而生畏的铁钩，贼眼偷偷地斜睨着这个奇特的怪人。胡克一定非常得意，不过不必露在脸上。无论在精神上，还是在实际上，他总是远离他的部下，永远是一个阴暗孤独的神秘人物。

不过，这一夜的任务还远没有做完。胡克这次进攻并不是为了杀印第安人，印第安人只不过是蜜蜂，他要取的是蜜。他的主要目标是彼得·潘，还有温迪他们。

彼得不过是个小男孩，胡克为什么那么恨他呢？不错，他曾把胡克的一条胳臂扔给了鳄鱼，更由于鳄鱼的穷追不舍，使胡克的生命失去了安全保障。不过，这仍然难以说明，胡克的报复心为什么这样凶狠毒辣。事实上，彼得身上有某种特殊的气质，惹得这位海盗船长暴怒如狂。这当然不是彼得的勇敢，不是他那逗人喜爱的模样，不是……我们用不着乱猜，因为我们很清楚那是什么，也不能不把它说出来，那就是彼得的趾高气扬的傲气。

正是这一点，强烈地刺激着胡克的神经，恨得他的铁钩直发抖。每当夜幕降临，它就像一只虫子，扰得他无法安睡。只要彼得还活着一天，这个深受折磨的人就觉得自己像是一头关在笼子里的狮子，却时时被飞进笼子的一只麻雀所纠缠。

现在的关键问题是，怎样钻进树洞，或者说，怎样把他的喽啰们塞进树洞。他抬起贪馋的眼睛扫视着手下，想找一个最瘦小的人。那些喽啰不安地扭动着身子，因为他们知道，他会用棍子把他们捅下去。

这个时候，孩子们怎样了呢？在刀兵声乍起时，他们一动不动，就像石雕一样，张着嘴，伸出手臂向彼得恳求。现在，回头来看，只见他们闭上了嘴，垂下了手臂。没多久，头顶上的喧嚣声戛然停止，就像初起时一样极为突然。但他们知道，他们的命运已经注定了。

斯密用力地敲了两遍鼓，心花怒放地静听
地面下的人的反应。

究竟是哪一方得胜了呢?

海盗们在树洞口屏息潜听,听到了每个孩子提出的问题。不幸的是,他们也听到了彼得的回答。

"如果是印第安人得胜,"彼得说,"他们一定会敲起战鼓,那是他们胜利的讯号。"

那只战鼓,斯密已经找到了。这会儿,他正坐在鼓上。

"你们再也甭想听到鼓声了。"斯密嘟哝着说,声音低得谁也听不见,因为胡克严令不许出声。但使他惊讶万分的是,胡克这时冲他打了一个手势,叫他击鼓。斯密很快就领悟到,这个命令无比阴险毒辣。这个头脑简单的人,从来没有像现在这样敬佩过胡克。

斯密用力地敲了两遍鼓,心花怒放地静听地面下的人的反应。

"咚咚的鼓声,"海盗们听见彼得喊道,"印第安人胜利了!"

不幸的孩子们一片欢呼,这声音让地面上的黑心狼听来,简直就是美妙的音乐。接着,孩子们一连声地向彼得告别。海盗们听了莫名其妙,但他们才不管这些呢,他们只知道:敌人就要从树洞里爬上来了,终于可以抓住他们了。他们摩拳擦掌,个个兴奋不已。胡克迅速下令:一人守一个树洞,其余的人排成一行,隔两码站一个。

第十三章　你相信有仙子吗？

这段恐怖故事，打发得越快越好。首先钻出树洞的是卷毛，他一出来，就落到切科的手里。切科把他扔给斯密，斯密把他扔给斯塔奇，斯塔奇把他扔给比尔·鸠克斯，比尔·鸠克斯又把他扔给努得勒。就这样，他最后被扔到那个黑海盗的脚下。所有的孩子都这样被残酷地从树洞里拽了出来。有几个孩子被抛到半空中，那情形就像传递一包包的货物一样。

最后一个出来的是温迪，她受到了稍有不同的待遇。胡克装作彬彬有礼的样子，对她举了举帽子，用胳臂挽着她，把她搀扶到囚禁孩子的地方。胡克的风度是如此优雅，温迪就像着了迷似的，也没有哭出来。她不过是个小女孩。

要说胡克真的迷惑了温迪，似乎是在贬低她。但我们之所以提到这一点，是因为温迪的失误引发了意想不到的结果。如果她拒绝挽着胡克的手臂，她就会像别的孩子一样被抛到空中。那样的话，胡克就不会看到孩子们被捆绑的情况。如果他当时不在场，他就不会发现斯莱特利的秘密。如果没有发现这个秘密，他就不会去卑鄙地图谋彼得的性命。

为了防止孩子们逃跑，海盗们把他们捆了起来，将膝盖贴近耳朵扎扎实实地捆成一团。为了捆绑他们，黑海盗还把一根绳子割成相等的九段。最后，轮到捆斯莱特利了，这才发现，他像一个恼人的包裹一样，用完了所有的绳子。海盗们恼怒不已，就开始踢他，就像在踢一只包裹一样。但我们得说句公道话，你要踢也应该踢绳子啊。说也奇怪，胡克叫他们停止这一暴行。胡克的嘴唇高高地撅了起来，露出恶毒的得意神气。他的手下在捆绑这个孩子时，每次要捆紧他的这一部分，另一部分就胀了出来，累得他们汗如雨下。狡猾的胡克看透了斯莱特利的把戏，他勘察的不是结果，而是原因。他那副得意的样子说明，他确实已经找到了原因。斯莱特利

海盗们从树洞里将孩子们一个个拽了出来。

几个强壮的海盗将小屋子扛在肩上，其余的海盗跟
在后面，唱起那支可恶的海盗歌。

的脸都发白了,他知道胡克发现了他的秘密:这样一个胀大的孩子能钻得进的树洞,一个普通大人不用棍子捅,也一定能钻进去。可怜的斯莱特利,他现在是所有孩子们中最不幸的一个了,因为他为彼得担惊受怕,懊悔他所做的事。原来,有一次他因为天气炎热,就拼命喝水,肚子便胀得像现在这样大。他没有想办法缩小自己去适应他的树洞,而是悄悄地削大了树洞来适应他自己。

这就够了,胡克坚信彼得很快就会落进他的手心。不过,他那阴暗的脑海里形成的这个计谋,一个字也没有从嘴里吐露出来。他做了一个手势,命令手下把俘虏押上船,他要独自留下。

可是,怎样押送呢?他们被绳子捆成一团,原本可以像木桶一样滚下山坡。但是,途中要经过沼地。胡克的天才又一次克服了困难。他指示,可以利用那间小屋子作为运输工具。于是,孩子们被扔进小屋子,几个强壮的海盗将小屋子扛在肩上,其余的海盗跟在后面,唱起那支可恶的海盗歌。这支奇怪的队伍出发了,很快就穿过了树林。我不知道孩子们是否有人在哭,即使有,那哭声也给歌声淹没了。可是,当小屋子在树林里隐去时,从它的烟囱里升起了一缕细细的青烟,仿佛在向胡克挑战。

胡克看见了,这对彼得极为不利。如果海盗心里还有一丝恻隐之心,这时也肯定消失得一干二净了。

现在,只剩胡克一人了,天色很快就黑了下来。他蹑手蹑脚地走到斯莱特利的那棵树前,想弄清楚他能否从那里钻进去。他思索了半天,然后把那顶不吉祥的帽子放在草地上。一股清风吹来,轻抚他的头发。他的心固然很黑,但他的蓝眼睛却像长春花一样柔和。他屏息静听地下的动静,却一无所获。下面也和上面一样寂静无声,地下的屋子就像一座空无一人的荒宅。那个孩子是睡着了,还是站在斯莱特利的树根下,手里拿着刀在等他呢?

这是没法推测的,除非下去试一试。胡克把外套轻轻地脱下来,放在地上,咬着嘴唇,直咬得流出污血,也没有察觉。他踏进了树洞。他无疑是个勇敢的人,可现在却不得不停下来擦额上的汗，他的汗就像蜡烛油一样直往下淌。然后，他悄悄地下到这个从未造访的神秘住所。

他平安地来到树洞底下，又一动不动地站在那儿，几乎喘不过气来。等到眼睛逐渐适应了黑暗，小屋里的东西才一件件看清楚了。可是，他贪婪的眼光只注视一件东西，那是他寻觅许久的东西，就是那张大床。在床上，躺着熟睡的彼得。

彼得根本就不知道上面发生的事。孩子们离开后，他继续欢快地吹了一阵笛子。不用说，他是在凄惶中故意这样做的，只为了证明他一点也不在乎。然后，他决定不吃药，好让温迪伤心。然后，他躺在床上也不盖被子，好叫温迪更加烦恼。他记得，温迪总是把被子盖得严严实实的，怕他们半夜里会着凉。然后，彼得几乎要哭出来了。可是，他忽然又想到，如果他笑了，温迪很可能会更加生气。于是，他狂傲地大笑，还没笑完就疲惫地睡着了。

彼得有时也会做梦，但不常做。可是，他做的梦比别的孩子更叫人难受。他在梦里常会痛哭，一连几个小时都摆脱不了噩梦的纠缠。他的梦，多半和他那不明底细的来历有关。每当碰到这种时候，温迪总是把他从床上扶起来，抚慰他。等他悄悄平静下来，又把他放回床上。可是这一回，彼得睡得一点梦都没有，一只胳臂耷拉在床沿下，一条腿拱了起来，嘴上还挂着一丝笑意，嘴张着，露出珍珠般的两排小牙。

彼得就是这样，在毫无防备的情况下被胡克发现了。胡克不声不响地站在树脚下，隔着房间望着敌人。难道胡克那阴暗的心里，真的就没有激起一丝同情吗？实际上，这个人还是有些优点的：他爱花（我听说），爱美妙的音乐（他竖琴弹得不坏）。我们得坦白地承认，眼前这幅动人的景象确实感动了他。如果他的善良一面占了上风，他也许会勉强走回树上。可是，有个东西让他生气。

留下胡克的是彼得的倨傲不恭的睡态，嘴张着，胳臂耷拉着，膝盖拱着。这些姿态组合在一起，简直就是一个盛气凌人的化身。在胡克那敏感的眼睛看来，再也不会有比这更气人的了。胡克又硬起了心肠，恨不得立刻扑向那个熟睡的孩子，报仇雪恨。

虽然有一盏灯的昏光照在床上，但胡克却一直站在黑暗中。他偷偷地向前迈了一步，就遇到一个障碍，那是斯莱特利的树洞的门。门和洞口并不完全吻合，胡克是从门上面朝里看的。他伸手去抓门闩，发现门闩很低，够不着。在他纷乱的头脑里，彼得的姿态和面孔越发显得可恶了。他使劲摇晃着门，并且用身子去撞门。那么，他的敌人究竟能不能逃出他的毒手呢？

那是什么？胡克一眼就瞅见了彼得的药杯。他立刻就明白那是什么东西，也知道这个正在睡觉的敌人已经落进自己的手心。

胡克一直担心自己被人活捉，因而总是随身带着一瓶毒药，那是他用各种致命的毒草炮制而成的。他把毒草熬成黄色的液体，任何一个科学家都没有见识过。毫不夸张地说，这大概是世界上最毒的一种毒药了。

胡克在彼得的药杯里滴了5滴毒药。他的手不住地颤抖，那是因为狂喜，而不是羞愧。胡克在滴药的时候，没有看彼得一眼。这倒不是因为怕自己起了怜悯之心而不忍下手，只是怕洒了毒药。然后，他幸灾乐祸地凝望着自己的敌人一眼，开始艰难地蠕动着爬上树去。当胡克钻出树洞时，那样子活像恶魔走出魔窟。他流里流气地歪戴着帽子，裹上了大衣，用其中一个衣角遮住前身，似乎要把自己隐藏起来，不想让黑夜看见。其实，他才是黑夜里最黑暗的。他自言自语，说着一些奇怪的话，穿过树林就溜走了。

彼得还在沉睡。灯火跳了一下，熄灭了，屋里一片黑暗。可是，一无所知的他还是继续睡着。也不知道已经几点钟了，反正鳄鱼肚里的钟一定不止十点钟了。这时候，彼得突然惊醒，立刻从床上坐了起来。那是他的那棵树上，轻轻的有礼貌的叩门声。

虽然声音很轻，很有礼貌，可在这寂静的深夜里，也够吓人的。彼得握住刀，然后问道："谁？"

没有回答，然后又是敲门声。

"你是谁？"

仍然没有回答。

彼得并不觉得毛骨悚然，这反而是他最喜欢的。他两步就走到门前。

这门不像斯莱特利的那个门，而是和树洞严丝合缝的。所以，他不能从门缝里看到外面，敲门的人也同样看不到他。

"你要不开口，我就不开门。"彼得喊道。

来人终于开口了，发出了铃铛似的可爱的声音。

"是我，彼得。"

那是叮克铃！彼得立刻打开门闩，让她进来。她飞了进来，神情兴奋，脸红红的，衣裳上还沾满了泥。

"你这是怎么回事？"

"啊，你永远也猜不到的。"她喊道，还让彼得猜三次。

"快说！"彼得大声喊道。

于是，叮克铃用一个长句子，长得像魔术师从嘴里抽出的带子一样，说出了温迪和孩子们被俘的复杂经过。

彼得听了这番话，大吃一惊！温迪被绑了，被抓到海盗船上。她爱世上的一切，却落得如此悲惨的下场！

"我要救她！"彼得跳了起来，便去拿武器。这时候，他想起一件可以让温迪高兴的事：他该吃药了。

于是，他端起了那个致命的药杯。

"别喝！"叮克铃尖叫，因为她听到了胡克穿过树林时的自言自语。

"为什么？"

"药里有毒。"

"有毒？谁能来下毒？"

"胡克。"

"别说傻话。胡克怎么会到这里来呢？"

彼得说得没错，叮克铃自己也解释不清楚，因为她根本就不知道斯莱特利的树的秘密。不过，胡克的话是真实的，药杯里的确下了毒。

"况且，"彼得信心十足地说，"我压根儿就没睡着呀。"

彼得举起了杯子。说话来不及了，只有行动！叮克铃如闪电一般，迅速蹿到彼得的嘴唇和杯子之间，一口啜干了杯中的药。

"叮克铃，你怎么敢喝我的药？"

叮克铃没有回答，她已经在空中摇摇晃晃了。

"你怎么啦？"彼得有点害怕了。

"药里有毒，彼得，"叮克铃轻声对他说，"现在，我要死啦。"

"叮克铃，你喝毒药是为了救我吗？"

"是的。"

"可是，为什么呀，叮克铃？"

叮克铃的翅膀已经托不起她了。她落到彼得的肩上，在他的下巴上亲热地咬了一口，又在他耳边悄悄地说："你这个笨蛋！"

然后，她就摇摇晃晃地回到她的寝室，躺倒在床上。

彼得悲伤地跪在她身边，脑袋几乎塞满了整个小寝室。叮克铃的亮光越来越暗。彼得知道，等这亮光熄灭了，叮克铃就会离开这个世界。叮克铃很喜欢彼得的眼泪，她伸出美丽的手指，让眼泪在她手指上滚过。

叮克铃的声音很微弱，彼得几乎听不清她在说些什么。后来，他总算听懂了。她说，要是孩子们相信有仙子，她还会好起来的。

彼得伸出了双臂。可是，眼前并没有孩子，而且现在又是深夜。不过，他对所有梦到永无乡的孩子们说话，包括穿着睡衣的男孩和女孩，还有光着身子、睡在悬挂在树上的篮子里的印第安小娃娃，他们离他其实都很近，并不像我们想象的那么远。

"你们信不信有仙人？"他大声喊道。

叮克铃在床上坐了起来，屏住气，等待着命运的安排。

她似乎听到了肯定的回答，可又不敢肯定。

"那你是怎么想的？"叮克铃问彼得。

"如果你们相信，"彼得冲着孩子们大喊，"就赶紧拍手，千万别让叮克铃死去。"

很多孩子拍了手，也有一些孩子没拍手，还有几个坏小子居然发出了嘘声。

拍手声突然停止了，数不清的母亲们奔进了育儿室，想看看到底发生了什么事。不过，叮克铃已经得救了！首先，她的声音变得洪亮了。随后，她一阵风似的跳下床，开始满屋子乱飞，比以往任何时候都要欢快和傲慢。她没有想到要去感谢那些拍手的孩子，却一心想要对付那些发出嘘声的孩子。

"现在，该去救温迪了。"

彼得钻出树洞时，月亮正在云里行走。他带上了武器，却没有多穿衣裳，开始进行危险的搜索。如果让他挑选，他也不会挑选这样一个夜晚。他本想超低空飞行，所有异乎寻常的事都逃不过他的眼睛。但是，在时隐时现的月光下飞行，很容易把影子投在树上，惊动了鸟，便会使敌人发觉自己的行踪。

彼得有点后悔了，当初不该给岛上的鸟起那些奇怪的名字。不然，它们就不会变得这么野蛮，让人难以接近。

现在没有别的好办法，只能学着印第安人的样子，贴着地面爬。幸好，彼得已经习惯了这样爬。可是，究竟朝什么方向爬呢？他不能断定，孩子们是否已经被带到船上了。一场小雪掩盖了所有的脚印，岛上笼罩着死一般的寂静。彼得记起来了，自己曾经从虎莲和叮克铃那儿学会了一些很重要的山林知识，后来他都传授给了孩子们。他相信，遇到危急关头，他们是不会忘记的。例如，只要遇到机会，斯莱特利会在树上刻上标记，卷毛会在地上撒下树种，温迪会在关键处扔下手帕。要找到这些目标，本来必须等到天明，可彼得却已经等不及了。上面的世界在召唤他，却又不给他一点帮助。

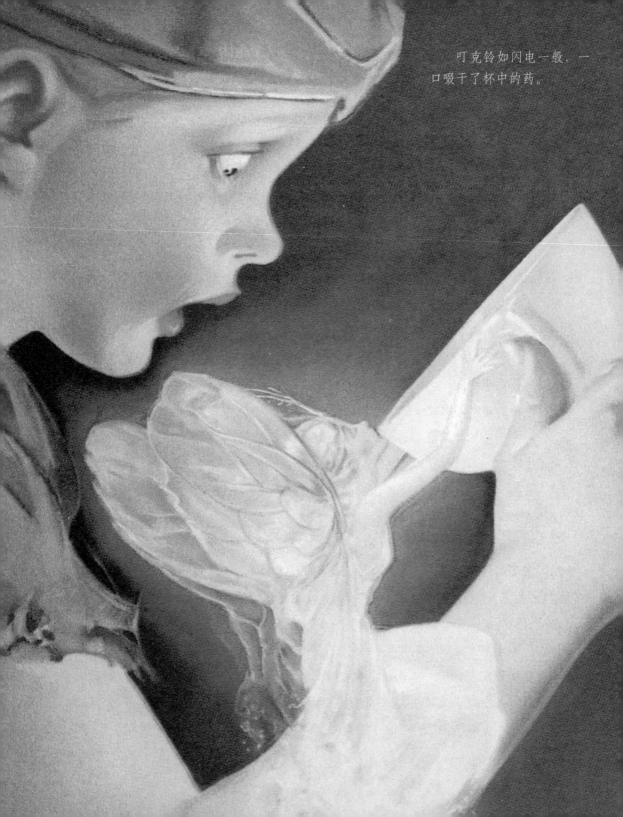

叮克铃如闪电一般，一口喝干了杯中的药。

这时，鳄鱼从彼得身边爬了过去。除此之外，再也没有别的活物，没有一点声音，没有一丝动静。彼得很清楚，死亡之神也许就等候在前面一棵树下，或者从身后扑来。

于是，彼得说出了一句可怕的誓言："我要和胡克决一死战！"

现在，彼得像蛇一样向前爬着。接着，他站起来，飞快地跑过一片月光照亮的空地。他一个手指头按着嘴唇，一手握着刀。

彼得像蛇一样向前爬着。

第十四章　海盗船

一盏桅灯照射出绿幽幽的光芒，斜睨着海盗河口附近的基德山涧。那艘双桅帆船——快乐的罗杰号就停泊在那儿。这艘海盗船和它的主人一样穷凶极恶，从上到下没有一处不是污秽透顶，每一根龙骨都透着肃杀之气，像尸横遍野的地面一样可憎。它是海上的吃人生番，凭借它可怖远扬的恶名，不需要桅灯，也能畅通无阻地在海上横行。

这艘船被夜幕笼罩着，岸上几乎感觉不到船上的任何一点动静。事实上，船上本来也没有多少声响，只有斯密使用的那架缝纫机的嗒嗒转动声。这位平凡而可怜的斯密，永远是勤勤恳恳，乐于为人效劳。我不清楚他为什么这样可怜，也许他根本就不觉得自己可怜。即使是铁石心肠的汉子，也不忍多看他一眼。在夏天的夜晚，他竟不止一次触动了胡克的心弦，使他落泪。但对这件事，也和别的事一样，斯密总是浑然不觉。

有几个水手靠在船舷边，深深地吸着夜雾。其余的水手则匍匐在木桶旁掷骰子、斗纸牌。还记得那四个抬小屋子的汉子吗？他们此刻已趴在甲板上进入梦乡。可就是在睡梦中，他们也灵活地滚来滚去，躲开胡克，以免被他的铁钩挠他们一下。

胡克在甲板上踱来踱去，若有所思。对于深奥莫测的他来说，这已是他大获全胜的时刻。彼得被除掉了，再也不能挡他的道。其他孩子全被抓到船上，等着走跳板。自从制伏巴比克以来，这算是他最辉煌的战绩了。我们都知道，人性是多么虚荣。因此，如果他此时在甲板上大摇大摆，因为胜利而趾高气扬，那也不足为怪。

然而，他丝毫也没有得意的神情，他缓慢的脚步正好与他阴暗的心情合拍。胡克的心极为抑郁。

每当夜深人静，胡克在船上沉思时，他总是这样。这是因为，他感到极为孤独。

这确实是一个叫人看不透的人，手下越是围绕在他身旁，他越感到孤独。也许是因为他们的社会地位比他低得太多的缘故吧。

胡克并不是他的真姓名。如果能揭露他的真实身份，即使在今天，也必定会轰动全国。但是，读书细心的人一定早已猜到，胡克曾经上过一所著名的中学，学校的风气至今还像衣服一样紧贴着他。不过，说实在的，所谓风气也多半和衣着有关。所以，甚至到如今，如果他还穿着俘获这只船时所穿的衣裳，他就会感到十分厌恶。他走起路来，依然保持着学校里那种气度不凡的优雅姿态。不过，最重要的是，他始终保持着良好的风度。不管他怎么堕落，他认定这是真正事关重要的。

远远的，从内心深处，他听到了一种声音，仿佛打开了一扇生锈的大门。门外传来阴森的嗒嗒声，就像你夜里睡不着觉时却突然听到的敲锤声。"你今天保持风度了吗？"那个声音永远在问他。

"名声，那个闪闪发光的玩意儿，是属于我的。"他喊道。

"在一切事情上都要出人头地，这算是良好的风度吗？"来自学校的那个嗒嗒声反问道。

"巴比克就怕我，"胡克辩白说，"而弗林特呢，他还怕巴比克。"

"那你告诉我，巴比克、弗林特是什么家庭出身？"那声音尖厉地反驳。

最令人不安的反省其实是一心想要保持良好的风度，这本身就是一种恶劣的风度。

这个问题搅得胡克五脏俱焚，它如一只挠抓、撕裂他内心的爪，甚至比他的铁爪还要锋利。汗从他的油脸上淌了下来，在衣裳上画出一道道汗渍。他不时用袖子去擦脸，却怎么也止不住那讨厌的液汁。

咳，不要羡慕胡克。

胡克预感到自己会早死，难道彼得的那句可怕的诅咒已经登上了船？胡克忧郁地感到，他得说几句临终遗言。否则，就可能来不及说了。

"胡克啊，"他喊道，"如果他野心小一点，就好了。"

罗杰号被夜幕笼罩着。

斯密正在全神贯注地缝衣服。

只有在心情最阴郁的时候，他才用第三人称称呼自己。

"没有一个小孩爱我。"说也奇怪，他脑子里居然冒出这样一句话，这可是他以前从来没有想到过的。也许是那架缝纫机使他产生了联想吧。他长时间地喃喃自语，呆呆地望着斯密。斯密正在全神贯注地缝衣边，自以为所有的孩子都怕他。

怕他！怕斯密！这可能吗？那一夜，船上的孩子已经没有一个不爱他的。斯密给他们讲了一些可怕的事，还用手掌打过他们，因为他不能用拳头打他们。可越是这样，他们就越是缠住他。迈克尔还试着戴了戴他的眼镜。

告诉斯密，说孩子们爱他？胡克恨不得这样做，可这似乎也太残酷了。胡克决定把这个秘密藏在心里。问题在于，他们为什么会觉得斯密可爱？胡克像警犬一样，对这个问题穷追不舍。如果斯密可爱，可爱在哪里？一个可怕的结论突然冒了出来："是良好的风度！"

这个水手长是不是拥有非凡的风度，可又毫不自知？这一点，不恰恰是最好的风度吗？

胡克记起来了，你得真正证明，你确实不知道自己拥有良好的风度，才有资格加入波普俱乐部。

胡克狂怒地大吼一声，便向斯密的头举起了铁爪。可是，他终究没有把斯密撕碎，一个念头制止了他："因为一个人拥有好风度而去抓他，那算怎么回事呢？"

"那是恶劣的风度！"

不幸的胡克顿时变得有气无力，就像一朵被折断的花垂下了头。

他的喽啰们误以为他现在不再妨碍他们的手脚了，就放松了纪律，狂醉乱舞起来。胡克顿时振作起来，就像被一桶冷水浇到头上，所有的软弱都一扫而光。

"别叫啦，你们这些浑蛋，"他嚷道，"小心我钩你们！"喧闹声立刻消失了。

"孩子们都用链子锁起来了吗？别让他们跑掉了！"

"是的。"

"那就把他们全部揪上来。"

胡克坐在那儿，盘算着如何处置那些孩子们。

除了温迪，倒霉的囚徒们一个个从货舱里被拉出来，排成一行，站在胡克面前。起初，胡克似乎并没看见他们。他懒散地坐在那儿，摇头晃脑地哼着粗野的歌，手里摆弄着一副纸牌。他嘴里的雪茄烟闪烁着一点火光，映照出他脸上的颜色。

　　"好吧，小子们，"胡克宣布，"你们中间，六个人今晚走跳板，留下两个做小厮。那么，留下你们哪两个呢？"

　　"除非万不得已，不要惹他发火。"温迪在货舱里，曾告诉过所有的孩子。图图很有礼貌地走上前去。图图不愿在这个人手下当差，可他灵机一动，准备把责任推给一个不在场的人。他虽然有点笨，可还是知道，做母亲的总是愿意代人受过的。其实，所有的孩子们都知道这一点，还都因此而看不起母亲们。可是，在很多场合，他们又时常利用这一点。

　　于是，图图就谨慎地解释说："你知道，先生，我母亲是不愿让我当海盗的。你母亲愿意你当海盗吗，斯莱特利？"

　　他冲斯莱特利挤了挤眼，斯莱特利假装悲伤地说："我想，她不会愿意的。"

　　"你们的母亲愿意你们当海盗吗，孪生子？"

　　"我想她不会。"老大也像别的孩子一样聪明。

　　"尼布斯……"

　　"够了，少废话。"胡克吼道。说话的孩子被拉了回去。

　　"你小子，"胡克对约翰说，"似乎还有点勇气，你从来没想过当海盗吗？"

　　约翰在做算术习题的时候，经常遇到这样的诘问。现在，胡克单挑他来问，使他有点忙乱。

　　"我有一次想称自己为红手杰克。"约翰犹豫地说。

　　"这名字不赖呀。如果你入伙，我们就这样叫你好了。"

　　"迈克尔，你怎么想？"约翰问。

　　"如果我入伙，你们叫我什么？"迈克尔问。

　　"黑胡子乔。"

胡克猛然间听到了一种奇怪的声音，
那是鳄鱼身上发出的可怕的滴答声。

迈克尔颇感兴趣："你看怎么样，约翰？"他想要约翰来决定，约翰则要他来决定。

"我们入了伙，还能当国王的好百姓吗？"约翰问。

胡克从牙缝里挤出一句话："你们得宣誓：'打倒国王！'"

约翰一直表现得不太好，不过，必须承认，这一次他可大放光彩了。

"那我不干。"他捶着胡克面前的木桶喊道。

"我也不干。"迈克尔喊。

"大英帝国长治久安！"卷毛高呼。

暴怒的海盗们开始抽打他们的嘴。胡克大吼道："这就注定了你们自己的命运了。快把他们的母亲带上来，准备好跳板。"

他们都是些孩子，看到鸠克斯和切科抬来的那块要命的跳板，脸都吓白了。可是，当温迪被带来时，他们却竭力装出勇敢的模样。

我简直没法形容，温迪是多么的鄙视那些海盗。男孩们也许觉得，海盗这个行当多少还有一点迷人的至少是令人好奇的地方。可是，在温迪看来，最大的感受就是这艘船已经多年没有打扫了。每一个舷窗的玻璃都脏极了，都能用手指写出"脏猪"的字样。事实上，她已经在几个舷窗上这样写了。可是，当男孩们围在她身边的时候，她一心只为他们着想。

"我的美人儿，"胡克的嘴上似乎抹了蜜糖，"你就眼看着你的孩子们走跳板吧。"

胡克的确是一位体面的绅士，可他进食时过于急促，弄脏了衣领。突然，他发现温迪正盯着他的衣领。他急忙想去遮盖，可已经晚了。

"他们是要去死吗？"温迪问，她的神情轻蔑至极，简直要让胡克气晕了。

"是的。"他狠狠地说，"全都住口，听一个母亲和她的孩子们的最后诀别。"

这时，温迪显得极为端庄。"亲爱的孩子们，这是我最后对你们说话。"她坚定地说，"我觉得，你们真正的母亲有一句话要我转给你们，那就是：'我们希望，我们的儿子要死得像一个真正的英国绅士。'"

听了这话，就连海盗们也十分敬畏。图图发狂似的大叫起来：

"我要照我母亲希望的去做。你呢，尼布斯？"

"照我母亲希望的去做。你呢，孪生子？"

"照我母亲希望的去做。约翰，你……"

可是，胡克在震惊过后，又开始发话了：："把她捆起来！"

斯密把温迪捆到了桅杆上。"听我说，"斯密悄悄地说，"如果你答应做我的母亲，我就想办法救你。"

可是，即使是对斯密，温迪也不肯随便答应。

"我宁可一个孩子也没有！"她十分鄙夷地说。

就在斯密把温迪捆在桅杆上的时候，没有一个孩子望着她。孩子们全都盯着那块跳板，他们将要走完人生的最后几步。事实上，他们已经不敢指望自己能雄赳赳气昂昂地走那几步了。他们已经停止了思考，眼神呆滞，浑身发抖。

胡克咬牙切齿地冷笑。他朝温迪走去，想要扳过她的脸来，残忍地让她瞧着孩子们一个个走上跳板。可是，胡克没能走到她跟前，更没能听到他要强迫她发出的痛哭声。因为他猛然间听到了一种奇怪的声音，那是鳄鱼身上发出的可怕的滴答声。

那声音，所有的人都听到了，包括海盗们、孩子们，当然也包括温迪。刹那间，所有的头都朝一个方向转过去，不是朝着鳄鱼，而是朝着胡克。大家都很清楚，接下来将要发生的事只和他有关。至于他们，本来是演戏的，现在却忽然变成看戏的了。

看到胡克身上瞬间发生的变化，那才叫吓人呢。他的浑身骨节似乎都被人痛打一顿，很快就瘫软地缩成一小团。

那个滴答声越来越近了。一个骇人的念头产生了："那只鳄鱼要爬上船来了！"

胡克的那只铁爪一动不动地垂着，并不紧张。它似乎也知道，自己并不是那进攻的敌人真正要得到的身体的一部分。陷入这样一个孤立无援的境地，换了别人，早就闭上眼睛，倒地等死了。可是，胡克那强大的头脑还在运转，指挥他双膝着地，跪在甲板上往前爬，尽量逃离那个声音。海盗们恭恭敬敬地让出一条路，他一直爬到船舷那边。

"快把我藏起来！"他沙哑地喊。

海盗们团团围绕在他的身边。他们的眼睛始终没有躲开那个即将爬上船来的东西，他们并不想冒着生命危险去和它战斗。

胡克躲藏起来后，好奇的孩子们便一起拥到船边，去观看那只鳄鱼爬上船来。这时，他们看到的却是这惊人的一夜中最为惊人的事：他们看到的并不是鳄鱼，而是彼得！

彼得立刻做了一个手势，避免他们过于兴奋而狂呼乱叫，引起海盗们的怀疑。彼得继续发出滴答的声音。

第十五章　与胡克决一死战

每个人都曾遇到过一些奇特的事，可在一段时间内却往往毫无觉察。举个例子说吧，我们有时突然发现自己聋了一只耳朵，却并不知道聋了多久。实际上呢，这种情况已经持续半个钟头了，只是我们当时没有觉察罢了。那天晚上，彼得遇到的正是这种情况。上次我们说到，他正悄悄地穿越海岛，一个手指头按着嘴唇，一手握着刀。当时，他看见鳄鱼从身边爬过，并没觉得有什么异样。可是，过了一会儿，他反应过来了：鳄鱼没有发出滴答声。起初，他觉得这事有点蹊跷。不过，他很快就断定，是那只钟的发条走完了。

鳄鱼突然失去了最亲密的伴侣，该有多么伤心？对于这一点，彼得根本就没替它考虑。他思考的只是如何充分利用这个变故。于是，他决定学着发出滴答声，好让野兽误以为他就是鳄鱼。这样一来，他就不会受到野兽的伤害了。他的滴答声模仿得惟妙惟肖，却引来一个意想不到的结果。鳄鱼也听到了滴答声，就跟上了他。至于那鳄鱼究竟是想找回失去的东西，还是以为它的好友又滴答作响了，我们已经无从知晓了。实际上，鳄鱼是个很蠢的动物，一旦有了一个念头，就会像奴才一样固守不变。

彼得平安地到达了海岸。他的腿一触到水，就没有丝毫的不适应。许多动物从陆上进入水里都是这样的，可在人类当中，却没见过一个人能像他这样。他游泳的时候，心里只有一个念头："这次一定要和胡克决一死战！"他已经滴答了很久，继续滴答下去已经不知不觉了。如果他觉出了，他早就停止了滴答。借助滴答声登上海盗船，固然是一条绝妙的计策，他却从来没有想到过。正相反，他还自以为像老鼠似悄无声息地爬上了船边。

等到他看见海盗们纷纷躲闪，胡克失魂落魄时，他不由得惊讶起来。

彼得正悄悄地穿越海岛。

鳄鱼!彼得刚想起鳄鱼,就听到了滴答声。起初,他还以为声音是鳄鱼发出的,便很快回头扫了一眼。这才发现,发出滴答声的原来就是他自己。眨眼之间,他就明白了当时的情势。"我实在是太聪明了!"他立刻想。于是,他向孩子们做手势,示意他们不要拍手欢呼。

就在这时,舵手爱德华·坦特钻出前舱,从甲板上走过来。

现在,请读者看着表,计算下面所发生事情的时间。彼得举起刀来,砍得又准又深。约翰立刻用手捂住这个倒霉的海盗的嘴,不让他发出一点呻吟。海盗向前栽倒在地。几个孩子上前揪住他,防止他落地时发出任何声音。彼得一挥手,就把他抛下海去。

扑通一声之后,就是寂静。一共花去多少时间?

"一个啦!"斯莱特利开始计数。

这时,有几个海盗壮着胆子东张西望。彼得以最快的速度,一溜烟钻进了船舱。现在,海盗们能够听到彼此的惊慌的喘息声了,那个更可怕的声音已经走远了。

"它走了,船长,"斯密擦了擦眼镜,"一点声音都没有了。"

胡克把头从衣领里慢慢伸出来,仔细倾听。等到他判定那滴答滴答的余音一点也没有时,他又开始雄赳赳地挺直了身体。

"现在,该走跳板啦。"胡克喊道。他现在更恨那些孩子们了,因为自己的狼狈相全让他们看到了。于是,他又开始唱起那首恶毒的歌:

唷嗬,唷嗬,跳动的木板啊,踩着木板走到头;连人带板掉下去,到海底去见大卫琼斯喽!

为了吓唬囚徒,胡克不顾尊严,沿着一块想象中的跳板舞过去,一面唱,一面冲他们狞笑。唱完了,他说:"在走跳板之前,要不要尝尝九尾鞭的味道?"

这时候,孩子们都跪了下来。"不!"他们可怜地喊道。海盗们都忍不住笑了。

"鸠克斯，快把鞭子拿来，"胡克说，"鞭子就放在船舱里。"

船舱！彼得不就在船舱里吗？孩子们互相对视着。

"是！"鸠克斯回答，大步走下船舱。孩子们一直注视着他。胡克又唱起歌来，胡克的喽啰们也应声和着：

喑嗬，喑嗬，抓人的猫，它的尾巴有九条，要是落到你们的背上……

最后一句究竟是什么，我们永远不会知道了。这是因为，船舱里突然传来一声可怕的尖叫声，响彻全船，随后就戛然停止了。接着，又听到一声欢快的啼叫，那是孩子们非常熟悉的。可在海盗们听来，这陌生的啼叫声比那声尖叫还要令人毛骨悚然。

"那是什么？"胡克喊道。

"两个啦。"斯莱特利数道。

意大利人切科犹豫了一下，就大摇大摆地走下船舱。一会儿，他踉跄着退了出来，脸都白了。

"比尔·鸠克斯，怎么回事，你这狗东西？"胡克龇牙咧嘴地说，恶狠狠地逼视着他。

"他死了，被砍死了！"切科压低嗓门说。

"比尔·鸠克斯死啦！"海盗们大惊失色。

"船舱里黑得像个地洞，"切科话都说不清了，"可那儿有个吓人的东西，就是你们听到啼叫的那个东西。"

孩子们的兴高采烈和海盗们的垂头丧气，都被胡克看在眼里。

"切科，"他命令道，"回舱里去，把那家伙给我捉来！"

切科，这个最勇敢的海盗战战兢兢地喊道："不，不。"

但是，胡克咆哮着举起铁爪。

"你是说你去，对吧，切科？"

切科绝望地扬了扬两臂，下去了。没有人唱歌，全都在凝神静听。又是一声临死前的惨叫，又是一声奇怪的啼叫。

没有人说话，只有斯莱特利数道："三个啦。"

胡克一挥手，集合了全部手下。

"混账，岂有此理！"他暴跳如雷，"谁去把那东西给我抓来？"

"等切科上来再说吧。"斯塔奇嘟囔着说，其他人也附和着。

"我听到你说，你要自告奋勇下去？"胡克又发出咆哮声。

"不，老天爷，我没有说过！"斯塔奇喊。

"我的钩子认为你说了，"胡克向他逼近，"你最好还是迁就一下这钩子，斯塔奇。"

"我宁愿被吊死，也不去那儿。"斯塔奇固执地回答，他又得到水手们的支持。

"要造反？"胡克心情格外愉快，"斯塔奇是造反头头。"

"船长，发发慈悲吧。"斯塔奇呜咽着说，浑身都在哆嗦。

"握手吧，斯塔奇。"胡克伸出了铁钩。

斯塔奇环顾四周，但没有人站在他这边。他步步后退，胡克则步步进逼。这时，胡克的眼里现出了红光。随着绝望的号叫，斯塔奇跳上了长汤姆大炮，一个倒栽葱，掉进了大海。

"四个啦。"斯莱特利叫着。

"现在，还有哪位想要造反？"胡克彬彬有礼地问道，他抓过一盏灯，举起铁钩，"我要亲自下去抓住那东西。"他说着快步走进了船舱。

"五个啦。"斯莱特利恨不得这样说，他时刻准备着宣布这一数字。

可是，胡克趔趔趄趄地退了出来，手里没有了灯。

"什么东西吹灭了我的灯？"胡克有点不安，愤愤不平。

"到底是什么东西啊？"马林斯问。

"切科怎样了？"努得勒小心翼翼地问。

"死了，和鸠克斯一样。"胡克简短地说。

胡克迟疑起来，不愿再到舱里。这立刻在海盗们中造成不良的影响，反叛的声音又起来了。要知道，海盗们全是迷信的。这时，库克森忍不住嚷道："人们都说，如果船上来了一个不明不白的东西，这只船肯定要遭殃！"

"我还听说，"马林斯也嘟囔着说，"这东西早晚要登上一艘海盗船的。它有尾巴吗，船长？"

"他们说，"另一个海盗不怀好意地瞄着胡克，"那东西来的时候，模样就和船上最恶的人差不多。"

"他有你那样的铁钩吗，船长？"库克森侮慢地问。于是，海盗们一个接一个地嚷起来："这只船要倒霉了！"听到这话，孩子们忍不住欢呼起来。胡克差点就把囚徒们忘了，他回头看到他们，眼光忽然又亮了。

"伙计们，"胡克对水手们喊道，"我有一个绝妙的计策。打开舱门，把他们全都推下去，让他们跟那个怪物去拼命！如果他们把怪物杀了，那最好不过。如果怪物把他杀了，那也不坏啊。"

海盗们最后一次佩服胡克，开始忠实地执行他的命令。孩子们开心极了，却假装挣扎着，都被推进了船舱，舱门关上了。

"现在，听着。"胡克喊。大家都静听着，没有一个人敢对着那扇门看。不，还有一个人，那是温迪，她被绑在桅杆上。她一直在等待的，并不是一声喊叫，也不是一声啼鸣，而是彼得的重新露面。

其实，温迪不用等多久了。在舱里，彼得已经找到了他想找的东西：能打开孩子们的镣铐的钥匙。现在，孩子们偷偷地溜到各处，用各种武器将自己武装起来。彼得先做手势，叫他们悄悄地藏起来。然后，他溜出去，割断了温迪的绑绳。现在，他们要想一起飞走，简直是举手之劳。但是，有一件事拦阻了他们，就是那句誓言："这次我要和胡克决一死战！"于是，彼得悄悄对她说，让她和孩子们藏在一起。他代替温迪站在桅杆前，披上她的外衣。然后，他深吸一口气，开始放声啼叫。

海盗们听了这声啼叫，以为舱里所有的孩子全被杀死了，吓得魂不附体。胡克也想给他们打点气，可他早把他们训练成一群狗了。现在，他们一个个对他龇着牙。他心里明白，如果他不盯住了他们，他们很可能会扑上来咬他的。

"伙计们，"胡克准备敷衍他们，必要的时候也只好动武，但一刻也不能在他们面前退缩，"我想起来了，这船上有一个约拿，灾难就是因她而起。"

"没错！"水手们说，"一个带铁钩的人。"

"不，伙计们，是一个女孩。在海盗船上，只要来了一个女的，就不会走运了。只要她走了，船上就太平了。"

有的人确实想起来了，弗林特也说过这样的话。"那就不妨试一试。"水手们将信将疑地说。

"把那个女孩扔到海里去！"胡克喊道。

海盗们冲了过去。"现在，没人能救你了，小姐。"马林斯嘲笑道。

"有一个人。"那人说。

"他是谁？"

"复仇好汉彼得·潘！"说着，彼得就甩掉了外衣。这一来，他们才知道在舱里作怪的究竟是谁了。胡克两次想说话，可因为紧张和恐惧，两次都没说出来。在那可怕的一瞬间，他那颗凶残的心都快碎了。

最后，他颤抖着喊了出来："劈开他的胸膛！"可是，他已经没有什么信心了。

"来呀，孩子们，杀呀！"彼得大呼。转眼之间，船上响起一片刀兵声。如果海盗们能齐心协力，他们还是有机会得胜的。可是，在遭到袭击时，他们松松垮垮，毫无准备，只会东奔西突，胡砍乱杀。人人都以为自己是最后的那个幸存者。要是一对一，他们无疑更强些。可是，他们现在处于被动挨打的境地，这就使得孩子们能两个对付一个，还可以随意选择对手。海盗们惊恐万分，有的跳下了海，有的藏在暗角里。斯莱特利找到了他们。他并不参加战斗，只是提着灯跑来跑去。他用灯照射他们的脸，

彼得悄悄地割断了温迪的绑绳。

晃得他们什么也看不清，最后成了别的孩子的刀下鬼。船上很少喧闹，只听到兵器铿锵，偶尔传来一声惨叫或落水声，还有斯莱特利那单调的数数的声音——五个啦——六个啦——七个啦——八个啦——九个啦——十个啦——十一个啦。

　　当一群勇猛的孩子围住胡克时，其余的海盗都完蛋了。胡克似乎拥有魔法，在他周围设置了一个火力圈，让孩子们近不得身。虽然他们已经把他的喽啰们全干掉了，可他一个人就足以对付所有的人。他们一次又一次地逼近他，一次又一次地被他杀退。他用钩子挑起一个孩子，当做盾牌。这时候，有一个孩子刚刚用剑刺穿了马林斯，跳过来加入了战斗。

在遭到袭击时，他们松松垮垮、毫无准备，只会东奔西突，胡砍乱杀。

"收起你们的刀，孩子们，"新来的孩子喊道，"我来对付这个家伙！"

忽然间，胡克发现他和彼得面对面了。其他孩子都退了下去，围着他们站成一圈。

两个仇人对看了很久。胡克微微发抖，彼得脸上则露出奇异的微笑。

"这么说，潘，"胡克终于说，"这全是你一个人干的？"

"说对了，詹姆斯·胡克，"彼得严肃地回答，"这全是我干的。"

"你这个骄傲无礼的年轻人，"胡克说，"准备迎接你的末日吧。"

"阴险毒辣的人，"彼得回答，"快快前来受死！"

两人不再多说，开始拼命刺杀起来。有一段时间，双方不分胜负。彼得剑法极精，躲闪迅速，使人眼花缭乱。他不时虚晃一招，又猛刺一剑。可惜他胳膊太短，吃了不少亏。胡克的剑法也不逊色，但手腕上的功夫远不如彼得灵活，只能凭借猛攻来压住对方。他真希望能用巴比克在里奥教给他的致命的刺法，一下子就结果敌人的性命。可是，他惊讶地发现，他居然屡刺不中。他的铁爪始终在空中乱舞，试图用铁爪致对方于死命。可是，彼得灵巧地一弯身，就躲开了铁爪，然后向前猛刺，刺进了他的肋骨。看到自己的血涌出来——你们还记得吧，那血的怪颜色最让他受不了——胡克手中的剑就坠落在地上，他完全受彼得摆布了。

"好啊！"孩子们齐声喝彩。可是，彼得却做了一个崇高的姿势，请敌手拾起他的剑。胡克立刻拾了起来，心里却一阵悲凉。他不得不承认，彼得表现了良好的风度。

过去，胡克一直以为和他作战的是个恶魔。可现在，他反而更加糊涂了。

"潘，你到底是谁？到底是什么？"胡克粗声喊道。

"我是少年，我是快乐，"彼得信口乱说，"我是刚出壳的小鸟。"

这本来就是胡说。但在不幸的胡克看来，这就足以证明，彼得根本不知道他自己是谁、是什么，而这正是好风度的至高境界啊。

"再来受死吧。"胡克绝望地喊着。

他像一只打稻谷连枷，频频挥动着剑。无论大人，还是孩子，只要一碰到这可

彼得与胡克开始拼命刺杀起来。

怕的剑，就会立刻被挥成两段。可是，彼得在他周围闪来闪去，似乎那剑舞起来的风已把他吹出了危险地带。

胡克对取胜已不抱希望了。他那颗残暴的心，也不再乞求活命。现在，他只盼着在死前能得到一个恩赐：看到彼得失态。

胡克无心恋战，跑到火药库里点着了火。

"不出两分钟，"他喊道，"整条船就要炸得粉碎！"

这下好了，胡克想，可以清楚地看看各人的真面目了。

可是，他没有想到，彼得居然从火药库里跑出来，手里拿着弹药，不慌不忙地扔到了海里。

那么，胡克自己表现出来的风度又如何呢？他虽然是一个误入歧途的恶人，我们对他也并不抱同情，但我们还是高兴地看到，他在最后关头仍然遵守了海盗的传统准则。这时，别的孩子围着他攻打，还讥笑他、嘲弄他。他蹒跚地走过甲板，有气无力地还击他们，他的心思早就不在他们身上了。他的心思正懒洋洋地游荡在早年的游戏场上，或者扬帆远航，或者观看精彩的拍墙游戏。那时候，他的鞋、背心、领结、袜子全都整整齐齐，多有风度啊。

詹姆斯·胡克，永别了，因为他的最后时刻已经来到。

看到彼得举着剑凌空向他飞来时，他跳上了船舷，又纵身跳下海。他根本不知道鳄鱼正在水里等着他，因为我们有意让钟停止滴答，也算是最后对他表示一点尊重吧。

至于胡克最后取得的一点胜利，我们也不妨一提。他站在船舷上，看着彼得向他飞来。他做了一个姿势，要彼得用脚踢。于是，彼得就用脚踢，而没有用剑刺。胡克总算得到了他渴望的酬报。

"你失态了！"他讥笑地喊道，心满意足地落进了鳄鱼口中。

詹姆斯·胡克就这样被彻底消灭了。

"十七个啦。"斯莱特利唱了出来。不过，实事求是地说，他的计数并不准确。

等待胡克的正是那只饥饿的鳄鱼。

那天晚上，十五名海盗因罪受诛，但有两个侥幸逃到岸上。斯塔奇被印第安人俘获，成了印第安娃孩的佣人。对于一个海盗来说，这确实是一个非惨的下场。斯密则戴着眼镜到处流浪，逢人便说，詹姆斯·胡克就怕他一个人，借以维持有一顿没一顿的生活。

温迪并没有参加战斗，但她一直睁着发亮的眼睛注视着彼得的一举一动。现在，战事已经结束，她又重新变得重要起来。她一视同仁地表扬他们。迈克尔指给她看他杀了一个海盗的地点，她高兴得都发抖了。她把孩子们带到胡克的舱里，指着胡克挂在钉子上的那个表，表上的时间已经是"一点半"了。

时间实在是太晚了，这是最严重的一件事了。当然啦，温迪很快就安顿他们在海盗的舱铺上睡下了。只有彼得没睡，他在甲板上来回踱步。最后，疲惫不堪的他终于倒在长汤姆大炮旁睡着了。那一夜，他做了许多奇怪的梦，在梦中还哭了很久，温迪则紧紧地搂着他。

第十六章　回家

第二天早晨五点钟时，他们就东奔西跑地忙碌起来，因为海上起了大风浪。在他们当中，图图这位水手长手握缆绳的一端，嘴里嚼着烟草，也在四处奔忙。他们穿上了从膝盖以下剪去的海盗服，脸刮得光光的，就像真正的水手那样，提着裤子，两步并作一步，急匆匆地爬上甲板。

至于谁是船长，就不必说了。尼布斯和约翰成为大副和二副，船上只有一位妇女，其余都是普通水手，住在前舱。彼得牢牢地掌住舵，就像一位经验丰富的船长。他把全体船员召集到甲板上，作了一个简短的训话。他鼓励他们都像英勇的海员一样，恪尽职守。不过，他也知道，他们都是里奥和黄金海岸的粗人。如果谁敢对他无礼，他就会把他撕碎。他说了几句夸大海口的粗话，水手们自然都能听得懂，还发出了粗重的欢呼声。接着，彼得下了几道严肃的命令。然后，他们掉转船头，迅速向英国本土驶去。

潘船长查看航海图以后，进行了仔细的推算。如果目前这种天气持续下去的话，他们将在 6 月 21 日到达亚速尔群岛。到了那儿，飞起来就省时省力了。

他们当中，也有一些分歧：有些人希望这是一艘规规矩矩的船，另一些人则愿意它仍是一艘海盗船。可是，船长已经把他们看成自己的喽啰，他们根本不敢发表意见，即使是递交陈情书也没有这个胆量。因此，绝对服从就是唯一稳妥的办法。斯莱特利有一次奉命去测水，因为脸上露出迷惑的神色，就挨了 12 下打。大家普遍感到，彼得是故作老实，目的只是为了消除温迪的怀疑。不过，等到新衣做成之后，谁知道还会有什么意想不到的变化？这件衣服是用胡克最邪恶的海盗服改做的，温迪原本并不愿意这样做。

后来，大家都窃窃私议，说是在彼得穿上这件衣裳的那一夜，他在舱里坐了很久，嘴里衔着胡克的烟袋，一手握拳，只伸出食指。这根食指弯曲着，活像一只钩子，举得老高，似乎正在做出恐吓的姿态。

船上的这些事且搁下不提，我们现在先回过头来看看那个寂寞而可怜的家庭。我们那三个小家伙无情地离家出走，已经很久了。说来也很惭愧，这么长的时间，我们没有提起 14 号这所住宅了。不过，我们敢肯定地说，达林太太一定不会见怪。如果我们早一点回到这里，悲哀地前去探望她，她或许会喊道："别做傻事了，我有什么要紧呢？快回去照顾孩子们吧。"母亲们既然总是抱着这种态度，那就难怪孩子们会利用她们的弱点，寻找种种借口，迟迟不回家了。

再说，即使我们现在冒昧地走进那间既熟悉又有点陌生的育儿室，那也只是因为它的合法主人已在归途之中。我们只不过比他们先行一步，看看他们的被褥是否都晾过了，关照达林先生、达林太太那一晚千万不要出门。换句话说，我们不过是仆人罢了。不过，既然他们走得那么匆忙，连句感谢的话都没有，我们又何必替他们晾被褥呢？如果他们回到家里，却发现父母都到乡间度周末去了，那不是活该受报应吗？这是自从我们和他们相识以来，他们应得的一个教训。当然，如果我们把事情设想成这样，达林太太是永远也不会饶恕我们的。

有一件事我很想做，就像一般写故事的人那样。那就是，告诉达林太太，孩子们快要回来了，下星期四就会到家。这样一来，温迪、约翰和迈克尔预订的给家里一个意外惊喜的计划就完全落空了。他们早在船上就已计划好，诸如母亲的狂喜、父亲的欢呼、娜娜扑上来拥抱他们。至于他们准备要做的事情，则是秘而不宣的，一切保密。如果预先就把消息泄露出来，就彻底破坏了他们的计划，那该多么痛快。那样的话，当他们神气地走进家门时，达林太太甚至都可能不去亲吻温迪，就连达林先生也会烦躁地嚷道："真讨厌，这些臭小子们又回来了！"不过，即使这样做，我们也仍然得不到感谢。现在，我们已经相当了解达林太太的为人了。可以肯定，她准会责怪我们，不该随随便便就剥夺孩子们的那一点小小的乐趣。

"可是，太太，到下星期四还有十天呢。如果我们把实情告诉你，就可以免去你十天的不快乐啊！"

"不错，但代价可太大了呀！这样会剥夺孩子们整整十分钟的快乐！"

"啊，如果你是这样看问题的话……"

"可是，难道我还能有什么别的看法吗？"

你瞧，这女人的情绪很不对头啊。我本想替她美言几句，可我现在都有点瞧不起她，不想再提孩子们的事了。其实呢，我根本用不着关照达林太太安排好一切，因为这一切早都已经安排好了。三张床上的被褥早就晾过了，她也从不出门。再请看，窗子是开着的。所以，尽管我们也可以留下来为她效劳，但还是不如回到船上去。当然了，我们既然来了，就不妨留下来稍微观察一下。我们本来就是旁观者嘛，并没有人真正需要我们。所以，就让我们在一旁观望观望，说几句刺耳的话，好叫某些人听了心里不痛快。

育儿室里能感觉到的唯一变动是，从晚 9 点到早 6 点，狗舍已不在房里放着。自从孩子们飞走以后，达林先生就打心眼里觉得，千错万错，都错在他把娜娜拴了起来。实际上，他承认，娜娜自始至终都要比他聪明。当然，我们已经看到，达林先生是一个十分单纯的人。真的，如果能去掉秃顶，他甚至可以装扮成一个男孩。但关键是，他还有着高尚而稀有的正义感：凡是他认为正确的事，他都会以极大的勇气去做到底。孩子们飞走之后，痛苦之余，他把这件事苦苦思量了一番，便四肢着地，钻进了狗舍。达林太太亲切地劝他出来，但他悲哀而坚定地回答说：

"不，亲爱的，我觉得这才是我应该待的地方。"

现在，达林先生悔恨至极。他发誓说，只要孩子们一天不回来，他就一天不出狗舍。我得承认，这确实是一件令人遗憾的事。不过，达林先生无论做什么，都喜欢走极端，要不，他很快就会停止不做。因此，过去那个骄傲无比的乔治·达林，如今变得再谦逊不过了。有一天晚上，他坐在狗舍里，和妻子谈起了孩子们和他们可爱的小模样儿。

他对娜娜的尊敬，真叫人感动万分。他不让娜娜进狗舍，可在别的事情上，他全都毫无保留地听从娜娜的意见。

每天早晨，达林先生都坐在狗窝里，让人连窝带人一起抬到车上，拉到办公室。6点钟，再照样运回家。我们要记住，这个人把邻居的意见看得多么重，我们就可以看出，他的性格有多么坚强。现在，达林先生的一举一动已经引起了人们惊诧的注意。一时之间，说什么的都有。

他内心一定忍受着极大的痛苦。但是，当小伙子们指点着他的小屋子说三道四时，他依然还能保持足够的镇静。如果有哪位太太向狗舍里张望，他总是向她脱帽致意。

在很多人看来，这也许有一点唐·吉诃德的意味，可是也确实挺崇高的。不久，这事的原委就四处传开了，公众都为他的博大胸怀而深受感动。成群的人跟在他的车后，欢呼声经久不息。一些俊俏女郎还爬上车去，请求他亲笔签名。相关的访问新闻也登上了第一流报刊，许多上等家庭都邀请他去做客，并且附加一句："务请坐在狗舍里光临。"

在星期四这个极不寻常的日子里，达林太太坐在育儿室等着乔治回来。现在，她成了一个眼神忧伤的女人。让我们来仔细端详一下她，再想想她昔日的活泼愉快，只因为失去了她的娃娃们，风采就完全消失了。哎，我实在不忍心再说她的坏话了。要说她太爱她的那几个坏孩子，那也难怪，的确是人之常情。她坐在椅子上睡着了，请看看她吧。你首先看到的是她的嘴角，现在已经变得很憔悴了。她的手不停地抚摸着胸口，似乎那儿正隐隐作痛。有的人最喜欢彼得，有的人最喜欢温迪，可我却最喜欢达林太太。那么，为了使她开心起来，我们要不要趁她睡着了，悄悄地对她说，小家伙们已经回来了？

实际上，孩子们离家里的窗口真的只有两英里远了，正飞得起劲呢。不过，我们只需悄悄地说，他们已在回家的路途中了。就让我们这样说吧。

很糟糕的是，我们真的不小心这样说了，因为达林太太忽然跳了起来，呼唤着孩子们的名字。可是，你知道的，屋里一个人也没有，只有娜娜。

达林先生坐在车上的狗窝里，沿途的
行人都向他欢呼致意。

"啊，娜娜，我刚才梦见我的宝贝们回来了。"

娜娜睡眼惺忪，却依然善解人意。但此时她所能做的，也只是把爪子轻轻地放在女主人的膝上。他们就这样坐着，直到狗舍被运了回来。当达林先生伸出头来吻他的妻子时，我们清楚地看到，他的脸要比以前憔悴多了。但是，他的神情也温和多了。

达林先生把帽子交给莉莎，她有些轻蔑地接了过去。莉莎缺乏足够的想象力，一直没法理解这个人的所作所为到底用意何在。屋外，随车而来的那一群人还在欢呼，达林先生自然不能不被感动。

"听听他们的欢呼声，"他说，"真叫人快慰！"

"那不过是一群小毛孩。"莉莎讥笑地说。

"今天，人群里有好几个大人呢。"达林先生微红着脸，告诉莉莎。可是，看到她不屑地把头一扬，达林先生也没有责备她一句，只是苦笑了一下。

这段时间大出风头并没有使他得意忘形，反倒使他变得更加和气了。有一阵子，他坐在狗舍里，半截身子伸到外面，和达林太太谈论着他的这番出名。达林太太提醒他说，希望这种名望不会使他头脑发昏。这时，他紧紧地握着达林太太的手，要她放心。

"放心吧，幸亏我并不是一个软弱的人，"达林先生说，"天呐，如果我是一个软弱的人，那可就糟了。"

"乔治啊，"达林太太怯生生地说，"直到现在，你还是满心悔恨，是不是？"

"还是满心悔恨，亲爱的。你也看到了，我怎么惩罚自己的：我让自己住在狗窝里。"

"你是在惩罚自己，对不对，乔治？你能肯定，你并不是把它当做一种乐子吗？"

"你这是什么话，亲爱的。"

当然，达林太太向他道歉，并请求他原谅。然后，达林先生觉得困了，就蜷着身子，在狗舍里躺下。

"你能到孩子们的游戏室去，为我弹钢琴催眠吗？"他请求道。

在达林太太向游戏室走去时，他漫不经心地说："请关上窗子，我觉得有一股风。"

"啊，乔治，你可千万别叫我关窗子。窗子永远要开着，好让他们第一时间飞回来，永远，永远。"

现在，轮到达林先生请求太太原谅了。接着，达林太太走到游戏室，开始弹起钢琴来。听着听着，达林先生很快就睡着了。就在他睡着的时候，温迪、约翰、迈克尔飞进了房间。

不对，不是这样的！我们之所以这样写，是因为我们离船以前，他们原本就是这样安排的。可是，在我们离船以后，一定又发生了什么情况，因为现在飞进来的并不是他们三个，而是彼得和叮克铃！

彼得的头几句话，就清楚地说明了这一切。

"快，叮克铃，"彼得低声说，"关上窗子，上闩。对了。现在，咱们立刻从门口飞出去。等温迪回来时，她就会以为她母亲把她关在外面了。那样的话，她就得跟我一道回去了。"

在我的脑子里，一直有一个疑问：杀了海盗以后，彼得为什么不立刻回到岛上去，而让叮克铃护送孩子们回家呢？现在，这个问题已经迎刃而解了。原来，狡猾的彼得的脑子里竟然一直藏着这样一个诡计！

彼得自己并不觉得这样做有什么不妥当，反而开心地跳起舞来。然后，他向游戏室里张望，想看看到底是谁在弹钢琴。他轻轻地对叮克铃说："那应该就是温迪的母亲，是一位漂亮的太太。不过，她没有我母亲漂亮。她嘴上满是顶针，不过没有我母亲嘴上的顶针多。"

当然，关于母亲，他其实什么也不知道。可是，他很多时候又喜欢夸耀地谈到她。

彼得并不清楚钢琴上弹的究竟是什么曲子，那其实是《可爱的家庭》。可是，他知道一点，那曲子一定在不断地唱着"回来吧，温迪，温迪，温迪"。想到这里，彼得扬扬得意地说："可怜的太太，你再也别想见到温迪啦，因为窗子已经闩上啦。"

彼得又向里偷看一眼，想看看琴声为什么停了。他看见达林太太把头靠在琴箱上，眼里含着两颗大大的泪珠。

"她想要让我把窗子打开，"彼得心想，"可我才不呢，就不。"

彼得再一次向里偷看时，只见两颗泪珠还在眼里转着，不过，已经换了两颗。

"她真是很喜欢温迪的。"彼得对自己说。现在，他开始恼恨达林太太了，因为她不明白为什么她不能再得到温迪了。

这个道理再简单不过了："因为我也喜欢温迪，太太。你要知道，我们两个人不可能都要温迪呀。"

可是，这位太太偏偏不肯善罢甘休。这就让彼得觉得很不痛快，他不再去看她。可就是这样，她也不放过他。彼得在房里欢蹦乱跳，做着各种滑稽面孔。可是，只要他一停下来，达林太太就似乎在他心里不住地敲打。

"啊，那好吧。"最后，彼得忍着气，无奈地说。然后，他打开了窗子。

"来呀，叮克铃，"他喊道，狠狠地对自然法则投去轻蔑的一眼，"咱们可不要什么傻母亲！"于是，他飞走了。

所以，当温迪、约翰和迈克尔飞回来的时候，窗子还是开着的。这当然是他们不配得到的待遇。他们落到地板上，却一点也不懂得惭愧，最小的一个，甚至已经忘记了他的这个家。

"约翰，"他疑惑地四面张望，"这儿，我怎么好像来过？"

"你当然来过，你这个傻瓜。那不是你的旧床吗？"

"没错！"迈克尔口里说着，可是还不大有把握。

"瞧，狗舍！"约翰喊，他跑了过去，探着头往里瞧。

"可能娜娜就在里面吧。"温迪说。

于是，约翰吹了一声口哨。"喂，"他说，"我看见里面有个男人，他是谁啊？"

"是爸爸！"温迪惊叫道。

"让我去瞧瞧爸爸。"迈克尔急切地请求道，他仔细地看了一眼。

"他还没有我杀死的那个海盗个头大哩。"他带着失望的口气说。幸好达林先生已经睡着了，要是他听见他的小迈克尔一见面就说出这样一句话，那该多么伤心啊。

看见父亲睡在狗舍里，温迪和约翰大吃一惊。

"真的，"约翰就像一个对自己的记忆力失去信心的人那样说，"他不会是一向都睡在狗舍里吧？你们觉得呢？"

"约翰，"温迪有些犹豫地说，"也许我们对旧生活的记忆，并不像我们想的那样准确吧。"

他们觉得身上一阵冷，真是活该。

"我们回来的时候，"约翰这个小坏蛋说，"妈妈居然不在这儿等着，真是太粗心了。"

这时候，达林太太又弹起琴来了。

"是妈妈！"温迪喊道，立刻向那边偷看。

"可不是吗！"约翰说。

"那么，温迪，你并不是我们真正的母亲啦？"迈克尔糊涂了，他一定是困了。

"噢，我的天哪！"温迪惊叹道，她第一次真正感到了深深的痛悔，"是到了我们该回来的时候了。"

"我们偷偷地溜进去吧，"约翰提议，"用手蒙住她的眼睛，给她一个惊喜。"

可温迪却认为，应该用一种更温和的办法来宣告这个好消息。不用说，她已经想到了一个更好的办法。

"我们都上床去睡觉，等妈妈进来的时候，我们都在床上安静地躺着，就好像从来没有离开过一样。"

于是，达林太太回到孩子们的睡房，来看达林先生是不是睡着了。这时候，她看到，每张床上都睡了一个孩子。孩子们都等着听到她的一声欢呼，可她却并没有

看见父亲睡在狗舍里，温迪和约翰大吃一惊。

达林太太双臂搂住了温迪、约翰和迈克尔。

欢呼。她确实看到了他们，但她根本不相信他们会在那儿。原来，她时常在梦里看到孩子们躺在床上。达林太太一定以为，她现在又在做梦了。

达林太太在火炉边的椅子上坐了下来，记得从前吗？她总是坐在这儿给孩子们喂奶。

孩子们不明白这是怎么回事，三个孩子都觉得浑身发冷。

"妈妈！"温迪喊道。

"这是温迪。"达林太太介绍说，可她还以为这是在做梦呢。

"妈妈！"

"这是约翰！"达林太太说。

"妈妈！"迈克尔喊。现在，他已经认出妈妈来了。

"这是迈克尔。"达林太太说。

她伸出双臂，去抱那三个她以为再也抱不着的自私的孩子。没有想到，她果然抱着了。她的双臂搂住了温迪、约翰和迈克尔，他们三个都溜下了床，向她跑去。

"乔治，乔治！"达林太太说得出话来的时候，开始高声喊道。达林先生终于醒来，分享了她的欢乐，娜娜也冲了进来。世上再也没有比这更美妙的时刻、更动人的景象了。不过，这时候没人来尽情观赏、尽情分享，只有一个陌生的小男孩，从窗外向里张望。他的乐事数也数不清，那是别的孩子永远都无法得到的。但是，他拥有的也就只有这一种快乐。至于他隔窗看到的那种快乐，他却被关在外面，永远也得不到。

第十七章　温迪长大了

我相信，你们都急切地想知道别的孩子的下落究竟如何。事实上，他们都在下面等着，好让温迪有足够的时间作解释。当他们数到 500 下的时候，就能走上楼来。他们是沿着楼梯走上来的，因为这样就会给人一个好印象。

他们在达林太太面前站成一排，脱掉了帽子，心里但愿自己并没有穿海盗衣。他们没有说什么话，眼睛却在恳求达林太太能收留他们。他们原本也应当望着达林先生，可是他们却忘了看他。

当然，达林太太立刻就表示她愿意收留他们。可是，达林先生却很不高兴。孩子们都明白，他是嫌六个孩子实在是太多了。

"我得告诉你一件事，"达林先生对温迪说，"你做事可千万不要做半截子事。"这话里有气，孪生子觉得分明是冲着他们来的。

老大比较高傲，他红着脸，直接对达林先生说："先生，你大概是嫌我们人太多吧？如果真是那样的话，我们可以走开。"

"爸爸！"温迪激动地叫了一声。但是，达林先生还是满脸阴云。他知道，他这样做确实很不体面，可他又有什么更好的办法呢？

"我们几个可以挤在一起的。"尼布斯小声地说。

"乔治！"达林太太惊叹了一声，看到她亲爱的丈夫居然表现得这样不光彩，心里十分难过。

这时，达林先生突然哭了起来。于是，真相很快就大白。他说，实际上，他也和太太一样，十分愿意收留他们。只不过，他们在征求太太的意见时，似乎也应该征求他的意见才对。不管怎么说，也不应该在他自己的家里把他看成一个可有可无的人啊。

"我并不觉得他是一个可有可无的人，"图图立刻大声说，"你觉得呢，卷毛？"

"我不觉得，你呢，斯莱特利？"

"我也不觉得，孪生子，你们呢？"

到头来，没有一个孩子会认为达林先生是一个可有可无的人。说起来也奇怪，他竟然心满意足了。他当场就表态说，如果合适的话，他可以把他们统统安置在客厅里。

"合适极了，先生！"孩子们一起向他担保。

"那么，孩子们，请跟我来，"他兴冲冲地喊道，"请注意，我不敢肯定我拥有一间客厅，不过我们可以假装有一间客厅，反正都一样嘛。啊哈！"

他跳着优雅的舞步，满屋子转着。孩子们也全都跟着高喊"啊哈"，跳起了欢快而凌乱的舞步，四处寻找那间想象中的客厅。至于他们究竟找到客厅没有，我也记不清楚了。可是，不管怎么样，他们总可以找到一些旮旯儿，反正都可以合适地住下了。

至于彼得，他在飞走以前曾经来看了温迪一次。当时，他并没有专门来到窗前，只是在飞过时蹭了一下窗子。如果温迪愿意的话，她完全可以打开窗子呼唤他。事实上，温迪果真这样做了。

"喂，温迪，再见了。"他说。

"啊，亲爱的，你要飞走了吗？"

"是的。"

"彼得，难道你不想跟我父母认真地谈谈那件甜蜜蜜的事儿吗？"温迪有点迟疑地说。

"不，我不愿意。"

"关于我的事，还记得吗，彼得？"

"不。"

达林太太这时已经走到窗子前来，她现在一直在密切地监视着温迪的一举一动。

她和善而温柔地告诉彼得，她已经收养了所有其余的孩子，当然也愿意收养他。

"你要送我去上学吗？"彼得非常机警地问。

"是的。"

"然后再送我上办公室？"

"我想，应该是这样。"

"那我很快就要变成一个大人了？"

"当然，很快。"

"我不愿意去学校，更不愿意去学那些正儿八经的东西，"彼得愤愤不平地对达林太太说，"我不要变成大人！温迪妈，如果我一觉醒来，摸到自己居然长了胡子，那该多别扭啊！"

"彼得！"温迪安慰他说，"即使你有胡子，我也会爱你的。"达林太太向他伸出了双臂，但是彼得还是拒绝了她。

"太太，你靠后站吧，谁也不能把我变成一个大人！"

"可是，你能到哪儿去住呢？"

"我会和叮克铃一起住在我们给温迪盖的小屋子里。仙子们会把它高高地抬上树梢的，他们每天夜里就住在树上。"

"啊，多可爱呀。"温迪羡慕地喊道。达林太太听了，不由得把她抓得更紧了。

"我还以为所有的仙子都死了呐。"达林太太说。

"总会有许多年轻的仙子生出来的。"温迪解释说，关于仙子的事，她现在可说是一个真正的行家了，"这是因为，每个婴孩第一次笑出声的时候，就有一个新的仙子诞生了。既然总是有新的婴孩，那么，就总是有新的仙子诞生，他们一般住在树梢上的巢里。那种绛色的是男的，那种白色的是女的，那种蓝色的是些小傻瓜，说不准他们是男是女。"

"我的乐趣可多了。"彼得用一只眼瞅着温迪，幽幽地说。

"晚上一个人坐在火炉边，真是怪寂寞的。"温迪说。

"我有叮克铃做伴呀。"

"你要知道，叮克铃有好些事是干不了的。"她有点尖酸地提醒他。

"你这个背后嚼舌头的家伙！"叮克铃不知从哪儿钻了出来，尖声骂了一句。

"那也没关系，"彼得说。

"彼得，这绝对有关系，你自己知道的。"温迪说。

"那好，你跟我一起到小屋子去吧，那不就解决问题了吗？"

"妈妈，我可以去吗？"

"当然不可以了！你好不容易才回家了，我决不让你再离开这个家！"

"可是，你要知道，他真的需要一个母亲哪。"

"你也需要一个母亲啊，我的小乖乖。"

"那就拉倒吧。"彼得说，似乎他邀请温迪去只是出于一种礼貌。

但是，达林太太看到彼得的嘴抽动了。于是，心肠很软的她立刻提出一个慷慨的建议：每年允许温迪去他那儿住上一个礼拜，帮他搞搞春季大扫除什么的。

温迪当然希望有一个更长远的安排，而且她觉得，春天要等很久才到来呢。但是，这个慷慨的许诺却使彼得高高兴兴地走了。他没有太明确的时间观念，他还有那么多冒险的事要做。实际上，我告诉你们的，只不过是其中微乎其微的一点点。我想，大概温迪是深知这一点的。所以，她在最后向他说了一句这样悲伤的话："你不会忘记我吧，彼得？在春季大扫除以前，你还会忘记我吗？"

"当然不会的。"彼得严肃地向她担保。然后，他就飞走了。他带走了达林太太的一吻。要知道，她的吻是谁也得不到的，可彼得却毫不费力地得到了，真是滑稽。可是，温迪也感到满足了。

自然，孩子们都被送进了学校，他们多数人上第三班。不过，斯莱特利先被安插到第四班，后来又改上第五班。第一班是最高班。他们上学还不到一个礼拜，就已经开始懊悔了，觉得他们离开永无乡真是冤枉。可是，已经太迟了。他们很快也就安下心来，像你、我或小詹金斯一样过日子了。说来也怪可怜的，他们渐渐失去了飞的本领。起初，娜娜把他们的脚绑在床柱上，防止他们夜里突然飞走。白天，他们玩的一种游戏就是假装从公共汽车上掉下来。可是，他们渐渐地发现，只要不拽住那根绑带，他们从公共汽车掉下时，就会摔伤。到后来，就连帽子被风刮走，他们都不能及时地飞过去抓住它。他们都说，这是因为缺少练习。其实，这句话真正的意思是，他们已经不再相信这一切了。

迈克尔要比别的孩子相信时间更长一些，虽然他们老是讥笑他。所以，当第一年年末彼得来找温迪时，他还和温迪在一起。温迪和彼得一起飞走时，身上穿着她在永无岛时用树叶和浆果编织的罩褂，她生怕彼得看出这罩褂已经变得很短了。可是，粗心的彼得根本就没注意到这一点，他自己的事，他还说不完呢。

温迪盼望着和他谈起那些激动人心的往事，可新的冒险趣事已经从他的脑中挤走了那些旧的冒险趣事。

温迪提起那个恶魔大敌时，彼得很感兴趣地问道："胡克船长是谁呀？"

"你真的不记得了吗？"温迪惊讶地问，"你忘了你是怎么杀的他，救了我们大家的命？"

"我杀了他们以后，就很快把他们忘记了。"彼得漫不经心地回答。

温迪希望，叮克铃看到她会高兴的，但又非常怀疑这一点。彼得又问："叮克铃是谁？"

"啊，彼得。"温迪万分惊讶地说。即使她作了很多解释，彼得仍旧想不起来。

"他们这种小东西多的是，"他说，"我估计她已经不在了。"

我想，彼得大概说对了，因为仙子常常是活不长的。不过，因为她们很小，所以，很短的时间在她们看来也显得很长。

还有一点也使温迪感到十分难过：这过去的一年，对于彼得来说，却仿佛只是昨天；可在她看来，这一年等待起来真是漫长啊。不过，彼得还像以前一样招人喜欢，他们在树梢上的小屋里，痛痛快快地进行了一次春季大扫除。

下一年，彼得并没有来接她。她穿上一件新罩褂等着他，因为那件旧的早就穿

　　彼得和温迪在树梢上的小屋里，痛痛快
快地进行了一次春季大扫除。

不下了。可是，彼得并没有来。

"彼得也许是病了吧。"迈克尔说。

"你知道，彼得是从来不病的。"

迈克尔立刻凑到温迪跟前，打了一个冷战，悄悄地说："也许根本就没有这样一个人吧，温迪！"要不是迈克尔哭了，温迪也一定会哭的。

再下一年，彼得又来接她去进行春季大扫除了。令人奇怪的是，他竟不知道他漏掉了一年。

这也是小姑娘温迪最后一次见到彼得。有一个时期，为了彼得的缘故，她努力不让自己越来越痛苦。当她在常识课上得了一个奖时，她觉得自己有点对不起彼得。但是，一年又一年过去了，这位粗心大意的孩子也没来。一直等到他们再次见面时，温迪已经是一位结了婚的妇人，彼得对于她来说，只不过成了她收藏玩具的匣子里的那一点灰尘。温迪已经长大了。你不必为她感到遗憾，因为她属于喜欢长大的那一类人，她是心甘情愿长大的，而且迫不及待地希望比别的女孩子长得更快一点。

男孩子们这时也全都长大了，完事了，自然不值得再提起他们。你随便哪一天都可以看到孪生子、尼布斯和卷毛提着公文包和雨伞向办公室走去。迈克尔是一位火车司机。斯莱特利娶了一位贵族女子，所以他成了一位勋爵。如果你看见一位戴假发的法官从铁门里走出来，那就是过去的那个图图。至于那个从来不会给他的孩子讲故事的有胡子的男人，他曾经是约翰。

温迪结婚时，穿着一件白衣，系着一条粉红饰带。想想也挺奇怪的，彼得竟没有飞进教堂，去反对这桩他未必赞成的婚礼。

岁月如流水，温迪终于有了一个女儿。这件事本不该用墨水写下的，而应用金粉来大书特书。

女儿名叫简，她总带着一种喜好发问的古怪神情，似乎她来到世上，就有许多问题要问。等她长到可以发问的时候，她的问题多半是关于彼得的。她非常爱听彼得的事，温迪把她自己所能记得起来的所有事情全都讲给女儿听。她讲这些故事的地点，正是那间发生过那次有名的飞行事件的育儿室。现在，这里已经变成了简的育儿室，因为她父亲以百分之三的廉价从温迪的父亲手里买下了这所房子。温迪的父亲已经不喜欢爬楼梯了，他变老了。达林太太已经去世，被人们遗忘了。

现在，育儿室里只有两张床，简的床和她的保姆的床。狗舍早就没有了，因为娜娜也死了。它是老死的，在最后那几年，它的脾气变得很难与人相处。因为它非常固执己见，总认为除了它，谁也不懂得怎样看孩子。

简的保姆每礼拜有一次休假，这时候，就得由温迪自己照看简上床睡觉了。这是标准的讲故事的时间。简发明了一种游戏，她把床单蒙在母亲和自己的头上，当做一顶奇怪的帐篷。在黑暗里，两人正说着悄悄话：

"咱们现在看见什么啦？"

"今晚我什么也没看见。"温迪说。她心想，要是娜娜在的话，它肯定不会让她们再谈下去。

"你看得见的，"简说，"你是一个小姑娘的时候，就看得见。"

"那是很久很久以前的事啦，我的宝贝，"温迪说，"要知道，时间飞得多快呀！"

"难道时间也会飞吗？"这个机灵的孩子问，"就像你小时候那样飞？"

"像我那样飞！你知道吧，简，我有时候真闹不清我是不是真的飞过呢。"

"你肯定飞过。"

"我会飞的那个好时光，早就一去不回了。"

"那么，你现在为什么不能飞呢，妈妈？"

"因为我长大了，小宝贝。人一长大，就忘了该怎么飞了。"

"为什么会忘了怎么飞？"

"因为他们不再是快活的、天真的、没心没肺的。事实上，只有那些快活的、天真的、没心没肺的才能飞起来呢。"

"什么叫快活的、天真的、没心没肺的？妈妈，我真希望我也是一个快活的、天真的、没心没肺的。"

或许，温迪这时候真的悟到了什么。"我想，这大概是因为这间育儿室的缘故吧。"她说。

"我想也是，"简说，"那就接着往下讲吧。"

于是，她们开始谈到了大冒险的那一夜，首先是彼得飞进来找他的影子。

"那个傻家伙啊，"温迪说，"他想用肥皂把影子粘上，却粘不上。于是，他就哭。哭声把我惊醒了，我就用针线给他缝上了。"

"你漏掉了一点。"简插嘴说，她现在比母亲还清楚，"你看见他坐在地板上哭泣的时候，你说什么来着？"

"对了，我在床上坐起来，说：'孩子，你为什么哭？'"

"对了，就是这样！"简说，很高兴地出了一大口气。

"后来，他领着我飞到了永无乡。在那儿，有仙子，还有海盗，还有印第安人，还有人鱼的礁湖。对了，还有地下的家，还有那间小屋子。"

"那么，你最喜欢的是什么？"

"我想，我最喜欢的还是那个地下的家。"

"我也最喜欢啊。对了，彼得最后对你说的话是什么？"

"他最后对我说的话就是：'你只要老是等着我，总有一夜你会听到我的啼叫声的。'"

"这就对了。"

"可是，他已经完全把我忘了。"温迪微笑着说。她已经长得那么大了。

"那么，彼得的啼叫声是什么样的呢？"简有一天晚上问。

"是这样的。"温迪试着学彼得的啼叫声。

"不对，不是这样的，"简郑重地说，"应该是这样的。"她学得比母亲强多了。

温迪很吃惊："宝贝，你是怎么知道的？"

"我睡着的时候常常听到的。"简说。

"是啊，许多女孩睡着的时候都听到过。可是，只有我醒着听到过。"

"你多幸运啊。"简说。

有一夜，悲剧发生了。那是在春天，晚上温迪刚讲完故事，简就躺在床上睡着了。温迪坐在地板上，靠近壁炉，就着火光补袜子，因为育儿室里并没有别的亮光。补着补着，她就听到一声啼叫。窗子像过去一样自然地被吹开了，彼得跳了进来，落在地板上。

彼得还和从前一样，一点也没变。温迪立刻看到，他还长着满口的乳牙呢。

彼得还是一个小男孩，可温迪已经是一个大人了。她在火边缩成一团，一动也不敢动，多么尴尬啊，一个大女人。

"你好，温迪。"彼得和她打招呼，他并没有注意到有什么两样，因为他主要只想到自己。况且，在昏暗的灯光下，温迪穿的那件白衣服完全可以看做是他初见她时穿的那件睡衣。

"你好，彼得。"温迪有气无力地回答。她紧缩着身子，尽量把自己变得小些。她内心有个声音在呼叫："女人呐女人，你放我走。"

"喂，约翰在哪儿呢？"彼得问，突然发现少了第三张床。

"约翰现在已经不在这儿了。"温迪喘息着说。

"那么，迈克尔睡着了吗？"他随便瞄了简一眼，问道。

"是的。"温迪回答，可她立刻感到自己这样说对简和彼得都不诚实。

"那不是迈克尔。"她连忙改口，否则要遭报应。

彼得走过去："那么，这是一个新孩子吗？"

"是的。"

"男孩还是女孩？"

"是女孩。"

现在，彼得该明白了吧，可是他真的一点也不明白。

"彼得，"温迪结结巴巴地说，"你还希望我跟你一起飞走吗？"

"当然啦，我正是为这个来的。"彼得有点严厉地说，"你忘记了这是春季大扫除的时候了吗？"

温迪知道，现在已经用不着告诉他有好多次春季大扫除被他漏过去了。

"我现在不能去了，"她抱歉地说，"因为我已经忘了怎么飞了。"

"没关系，我可以马上再教你。"

"啊，彼得，你就别在我身上浪费仙尘了。"

温迪站了起来。这时，彼得突然感到一阵恐惧。"怎么回事啊？"他喊着，往后退缩着。

"我去开灯，"温迪说，"你一看就明白了。"

就我所知，彼得有生以来，这是第一次害怕了。"别开灯！"他叫道。

温迪用手抚弄着这个可怜的孩子的头发。她已经不是那个为他伤心的小女孩，她已经变成了一个成年妇人，正微笑地看待这一切。可那是一种带泪的微笑。

然后，温迪就开了灯。彼得看见了，便痛苦地叫了一声。这个高大、美丽的妇人正要弯下身去把他抱起来，他却一直往后退。

"到底怎么回事啊？"他又喊了一声。

温迪不得不告诉他。

"我老了，彼得。我已经二十多岁了，早就长大成人了。"

"可你答应过我你不再长大的！"

"我没有办法不长大啊。我是一个结了婚的女人，彼得。"

"不，你不是！"

"是的，床上那个小女孩，就是我的孩子。"

"不，她不是！"

可是，彼得明白，这个小女孩确实是温迪的孩子。他高高地举起了手中的短剑，朝熟睡的孩子走了几步。当然，他并没有砍她。他坐在地板上，开始抽泣起来。温迪不知道该怎样安慰他，虽然她曾经很容易就做到了这一点。可她现在只是一个女人，她只好走出房间去好好想想。

彼得还在哭，哭声很快就惊醒了简。简在床上坐起来，马上对彼得感兴趣了。

"孩子，"她说，"你为什么哭？"

彼得站起来，向她鞠了一躬。她也在床上向彼得鞠了一躬。

"你好。"彼得说。

"你好。"简说。

"我叫彼得·潘。"他告诉她。

"是的，我知道。"

"我回来找我母亲，"彼得解释说，"我要带她去永无乡。"

"是的，我知道，"简说，"我正等着你哩。"

温迪忐忑不安地走回房间，看到彼得正坐在床柱上得意扬扬地啼叫着，而简正穿着睡衣狂喜地绕着房间飞。

"她是我的母亲了。"彼得对温迪解释说。简落下来，站在彼得旁边，她的脸上露出了姑娘们注视他时的那种神情，那是彼得最喜欢看到的。

"他太需要一个母亲了。"简说。

"是呀，我完全明白，"温迪有点凄凉地承认，"谁也没有我知道得清楚。"

"再见了。"彼得对温迪说。他飞到了空中，简竟然也随他飞起。现在，飞行已经是她最容易的活动方式了。

温迪冲到窗前。

"不！"她大喊。

"只是去进行春季大扫除，"简说，"他要我帮他进行春季大扫除。"

"如果我能跟你们一道去，就太好了。"温迪叹了一口气。

"可你不能飞呀。"简说。

当然，温迪最后还是让他们一道飞走了。我们最后看到温迪时，她正站在窗前，

彼得正坐在床柱上得意扬扬地啼叫着，而简正
穿着睡衣狂喜地绕着房间飞。

温迪正站在窗前，望着天空。

望着天空，直到他们小得像星星一般。

等你再次见到温迪时，就会看到她头发变白了，身体又缩小了，因为这些事是老早老早以前发生的。简现在是普通的成年人了，她的女儿名叫玛格丽特。每到春季大扫除，除非彼得自己忘记了，他总是带玛格丽特去永无乡。她给彼得仔细地讲他自己的故事，彼得聚精会神地听着。玛格丽特长大后，又会有一个女儿，她又成了彼得的母亲。事情就是这样周而复始，只要孩子们是快活的、天真的、没心没肺的。

附录

彼得·潘在肯辛顿公园

第一章　彼得·潘

　　如果你问你妈妈，当她还是一个小女孩的时候，知道彼得·潘吗？她一定会说："当然知道的，孩子。"如果你问她，彼得·潘那会儿是骑着山羊吗？她就会说："这问题多傻呀，他当然是骑着山羊的。"如果你问你外婆，她还是一个小女孩的时候，知道彼得·潘吗？她也会说："当然知道的，孩子。"可要是你问她，彼得·潘那会儿是骑着山羊吗？她就会说，她从没听说彼得有一只山羊。没准儿是她忘记了吧，就像她有时候忘了你的名字，管你叫米尔德里德，而那实际上是你妈的名字。不过呢，像山羊这么重要的事，按说她是不会记错的。由此可见，在你外婆还是一个小女孩的时候，确实是没有山羊的。这也就是说，讲彼得·潘的故事，一开头就讲到山羊，是再愚蠢不过的事情了。这就好比你把夹克穿在里面，外面再套上背心一样。

　　这也就是说，彼得已经够老的了。可实际上，他总是那么大，那一点也不重要的。他的年龄是一星期，尽管出生已经那么久了，他却从来没有一个生日，也从来没有机会过一个生日。原因是，在他七天大的时候，他就逃了出来，为的就是不想长大成人。他当时是从窗口逃走的，飞回肯辛顿公园里去了。

　　如果你以为彼得·潘是唯一的一个想逃走的婴孩，那就说明，你已经把你小时候的事忘得一干二净了。比如，大卫听到这个故事时，他就一本正经地发誓说，他从来就没有逃走的念头。我就叫他用手摁住太阳穴，使劲儿往回想。他摁住了太阳穴，使劲摁，果然就清楚地想起了他小时候想回到树梢上的事，接着又想起一些别的奇怪的事。为此，他躺在床上，一等妈妈睡着，就琢磨着要逃走。有一次，他还被妈妈半路上从烟囱里抓了回来。所有的孩子，只要用手使劲摁住太阳穴，就会想起这些事。这是因为，孩子在变成人以前，都曾经是鸟。他们在头几个星期自

穿着睡袍的彼得飞了起来，越过许多房屋，直往肯辛顿公园飞去。

然会有那么一点儿野气，肩膀头总是发痒，那正是他们原先长翅膀的地方。这是大卫告诉我的。

我应该强调一下，我们是采用这样一种办法来讲故事的：首先，我给他讲一个故事，然后，他给我重讲一遍。按照规定，他的故事必须和我的故事不大一样。接着，我再给他讲，又加上他增添的内容和我增添的内容。

我们就这样翻来覆去地讲，到最后，谁也说不清这故事究竟是他的还是我的。反正，都是我们共同完成的。好比说，在这个有关彼得·潘的故事里，情节骨架和大部分道德思考算是我的，可也不全是我的，因为大卫这孩子也可能是一个严肃的道德家。至于那些婴孩们做鸟时的有趣的生活琐事，多半来自于大卫的回忆，是他用手摁住自己的太阳穴苦思冥想后才记起来的。

好啦，彼得·潘从一扇没有护栏的窗子逃走了。站在窗台上，他就可以看见远处的肯辛顿公园的树。一看到那些树，他就立刻忘记了自己还是一个穿着睡袍的小男孩，一下子就飞了起来，越过许多房屋，直往肯辛顿公园飞去。奇怪的是，他没有翅膀居然也能飞！不过，那曾经长翅膀的地方痒得厉害。而且——而且——没准儿我们全都能飞哩，如果我们都像勇敢的彼得·潘那样，一个心眼儿地坚信我们能飞。

他轻松地落在婴孩宫和蛇湖之间的那片草坪上，仰卧在地，踢蹬着两脚。现在，他已经觉不到自己原本是一个人，还以为自己是一只鸟呢，就跟早先一样长着鸟的模样。他想抓一只苍蝇，却没抓到。他试着用手去抓，而鸟类是从不用手去抓苍蝇的。他估计，这会儿应该过了公园关门净园的时间，因为到处都是仙子，忙忙碌碌的，谁也没有注意他。他们在准备早餐，给牛挤奶，提水。看到水桶，他立刻口渴起来，就飞到圆池那边去喝水。他弯下身，把"喙"伸进池里。他原本以为那是喙，但其实那只是他的鼻子。所以，他并没有喝到多少水，也不像过去那样感到清凉爽快。接着，他试着找一个水坑，却一下跌了进去。如果一只真正的鸟儿跌进水坑，就会把羽毛展开，用喙把它啄干。可是，彼得已经记不起该怎么做了。他闷闷不乐地来到山毛榉树上，准备睡觉。

起初，他感到在一根树枝上保持平衡很不容易。不过，他很快就想起了该怎么做，接着就睡着了。离天亮很久以前，他就醒了，冻得浑身直哆嗦。他自言自语道："说真的，我还从来没在这么冷的夜里在外面过夜呢。"

其实，当他还是一只鸟的时候，在比这更冷的夜里，他也曾在外面过了夜。只不过，谁都知道，那对一只鸟来说算是挺温暖的夜，而对一个穿睡袍的孩子来说则是挺冷的夜。彼得自然也感到不大舒服，仿佛脑袋一直在发闷。这时候，他听到了一个很响的声音，连忙掉转头去看。其实呢，那只是他自己打的一个喷嚏。他非常想要一件什么东西，可又想不起那究竟是什么。实际上，他是想要妈妈给他擤擤鼻子。不过，他实在是想不起来了，于是决定去求仙子帮忙解答。据说，仙子们是无所不知、无所不晓的。

有两个仙子正互相搂着腰，四处溜达，彼得便蹦下去找他们搭讪。仙子们和鸟们之间曾经有过一些小小的纠葛，不过对人家客客气气地礼貌询问，他们总还是客客气气地回答的。可是，没有想到，这两个仙子一见彼得，居然马上掉转身子就跑掉了，这使他非常生气。还有一个仙子，当时正懒洋洋地靠在一张公园躺椅上，读着一张不知什么姓名的某个人遗留下来的邮票。一听见彼得的声音，这个仙子就吓得跳了起来，藏身在一株郁金香后面。

让彼得·潘大惑不解的是，他发现，他遇到的每一个仙子见了他都会逃之夭夭。他感到十分郁闷。还有呢，正在锯一株牛肝菌的一伙工人见了他，扔下工具就跑；一个挤奶姑娘见了他，把奶桶反扣着，自己钻到桶下躲起来。霎时间，公园里一片喧哗嘈杂，一帮帮一伙伙的仙子都向四面八方乱窜，互相大声打听究竟是谁在害怕。所有的灯光全都熄灭了，大门全部都上了闩。这时候，从麦布女王宫殿广场那边传来隆隆的击鼓声，说明皇家卫队已经奉命出动了。一队长矛兵用冬青叶子全副武装着，由宽道那头奔袭而来，一路上还恶狠狠地挞伐着敌人。彼得听见那些小人儿四处乱喊。直到公园关门后，园里还剩下一个人。可他万万没有想到，那个人竟然就是他自己！他越来越觉得憋气，越来越渴望知道怎样对付他的鼻子。可是，他向仙子们请教这个问题时，却毫无结果。那些胆小的家伙一个个从他身边逃跑，就连那队长矛兵，当他在小山包上遇上他们时，也迅速转移到一条岔道上去，假装没有看到他。

彼得·潘对仙子们完全失望了，便决定去问问鸟儿。可他现在想起来，真是太奇怪了：当他落在流泪的山毛榉上时，所有的鸟儿一下子都飞走了。尽管他当时并没有为这件事伤脑筋，但现在他总算明白其中的原委了。简单地说，每一个活物都在躲避他。可怜的小彼得·潘！他委屈地坐下来，伤心地哭了。可就在这会儿，他并不知道，作为一只鸟，他坐的部位也完全错了。不过呢，幸好他不知道。要不然，他很可能会失去能飞的信心的。一旦你怀疑自己是不是能飞，你就再也飞不起来了。

原来，除非能飞，还没有人能够来到蛇湖中的那个岛上。因为人类的船是被严厉禁止在那儿靠岸的，而且岛屿四周的水中都插了木桩，每根木桩上日日夜夜守卫

两个仙子一见彼得，马上掉转身子就飞走了。

这个仙子就吓得跳了起来，藏身在一株郁金香后面。

着鸟哨兵。彼得·潘现在的目标就是要飞到这个岛上，去向老所罗门鸦提出自己面临的怪问题。他终于落到了岛上，如释重负，觉得自己终于到家了。这是有原因的，因为鸟们都称这个岛为"自己的家"。所有的鸟都睡了，包括那些哨兵，只有所罗门没睡。他清醒地侧卧着，平静地倾听着彼得·潘叙述自己的历险经过，然后告诉他事情的原委。

"如果你不相信我所说的话，那就瞧瞧你的睡袍吧。"所罗门说了这么一句。

彼得·潘呆呆地望着自己的睡袍，又望着正在睡觉的那些鸟。还真是的，没有一只鸟身上是穿着什么东西的。

"你的脚趾有几个是指头？"所罗门有点残酷地问道。彼得惊恐地看到，他所有的脚趾都是指头。这一来，可真把他吓坏了，就连伤风都在一瞬间给吓跑了。

"竖起你的羽毛！"严肃的老所罗门说。于是，彼得拼命地竖起他的羽毛。可是，他根本没有羽毛呀。他站起身来，浑身哆嗦。打从他站在窗台上起，头一回想起一位好喜欢他的太太。

"我想，我该回到我妈妈那儿去了。"他有点难为情地说。

"那么，再见！"所罗门鸦回答说，神态有点怪怪的。

可是，彼得又开始犹豫起来。"你怎么还不走？"老头儿很礼貌地问他。

"我估计，"彼得沙哑地说，"我不知道自己是否还能飞？"

你瞧，他已经完全失去了信心。

"半人半鸟的小可怜儿！"所罗门说，他的心肠其实并不像表面那么狠，"你再也不能飞了，哪怕是在刮风的天气。你得永远生活在这岛上了。"

"就连肯辛顿公园也不能去了吗？"彼得万分悲哀地说。

"你看这湖水，你怎样渡过呢？"所罗门说。他善意地答应彼得，尽管他有这样一副惨不忍睹的体形，他还是会尽力教他学会鸟们的生活方式。

"那么，我就不再是一个地地道道的人了吗？"彼得问。

"不会了。"

"也不会是一只地地道道的鸟了吗？"

"不会了。"

"那我算是个什么呢？"

"你会是一个介于这两者之间的动物。"所罗门告诉他。自然，他是一个聪明的老头，因为后来发生的所有事情果然如他所料。

　　岛上的鸟儿一直都瞧彼得不顺眼。他的那些古怪的行径每天都逗得它们乐不可支，有关他的笑料就像他每天都有新的怪癖出现一样，数不胜数。其实，新出现的是鸟。它们每天孵出自己的蛋壳，一出来就拿他取笑，然后很快就飞走，变成了人。跟着，别的鸟又从别的蛋里孵出来。于是，事情就这样周而复始地发生着。有那么一些滑头的鸟妈妈，因为孵蛋孵得厌烦了，总是哄着雏鸟早一点出壳。它们悄悄地对雏鸟说，现在正是最佳时机，可以看到小丑彼得洗漱吃喝。成千的雏鸟每天围着彼得，看他做这些奇怪的事，就像我们围观开屏的孔雀一样。看到彼得用手去捧它们投给他的面包皮，而不像它们惯常的那样用嘴去啄，它们都乐得尖声大笑，觉得不可思议。遵照所罗门的指示，彼得的所有食物都是由鸟们从肯辛顿公园给他运来的。他不肯吃肉虫和昆虫，它们都认为他愚蠢透顶。于是，它们用喙给他叼来面包。所以，每当你看到一只鸟衔着一大块面包飞走，你过去很可能会冲他喊："馋嘴！馋嘴！"现在你该明白了，你这样做是不对的，至少是不公道的，因为它很可能是给彼得·潘送去的。

　　彼得现在已经不穿睡袍了，因为鸟们时常向他讨要一些碎布头来铺垫它们的巢。他心肠又特好，总是不忍心拒绝它们。所以，所罗门就劝他，干脆把剩下的睡袍藏起来。尽管他现在几乎是光着身子了，你可别以为他很冷，很不快活。实际上，他经常是快快活活的，原因是所罗门信守了诺言，耐心地教给他鸟们的许多习性。比如，很容易心满意足，总是实实在在地干着什么，总认为自己所干的每一件事都特别重要。彼得变得非常灵巧，总是帮鸟们筑巢。他的水平提高很快，筑得比林鸽还要好，几乎和画眉一样好，虽说还老是不能让燕雀满意。他在邻近鸟巢的地方热心

正在锯一株牛肝菌的一伙工人见了他，扔下工具就跑。

彼得向老所罗门鸦提出自己面临的怪问题。

地挖小水槽，还用手指为雏鸟掘虫子。他也变得精通鸟类的各种知识，仅靠闻味就能辨别东风和西风，能看到青草在长，能听到虫子在树桩里走动的声音。可是，所罗门所做的最大一件好事就是教给他拥有一颗快乐的心。事实上，所有的鸟都有一颗快乐的心，除非你无耻地掠夺了它们的巢。既然这是所罗门所知道的唯一的一种心，他就毫不费力地教会彼得拥有了这样一颗心。

现在，彼得的心快乐极了。他觉得，他非整天快乐地唱歌不可，就像鸟儿那样尽情地歌唱。不过，既然他有一部分属于人，他就需要一件乐器。于是，他就用芦苇亲手制作了一支笛子。他经常在黄昏时分坐在小岛的岸边，学着风吹的飒飒声、水流的淙淙声，并且抓来一束精致的月光，收进他的芦笛。他吹得那么美妙动听，连鸟们都被骗过了。它们互相议论甚至争执："那到底是鱼儿在水里跳跃，还是彼得·潘和他的笛子吹出鱼儿在跳跃？"有时，他吹出鸟儿的出生，鸟妈妈就在巢里回头张望，以为自己又生下了一个蛋。如果你是肯辛顿公园的一个孩子，你就一定知道，靠近桥头的那株栗子树开花总要比别的栗子树来得早些。不过，你也许没听说过，为什么这株栗子树会独领风气之先。这是因为，彼得特别渴望夏天，所以就吹出了夏天到来的声音。那株离他最近的栗子树听到这笛声，便信以为真了。

不过，每当彼得坐在岸边神奇无比地吹着笛子的时候，他也会陷入忧思。这时，音乐声也会变得忧郁起来。他之所以忧郁，完全是因为，尽管他能透过桥洞看到肯辛顿公园，却无法到公园里去。他知道，他再也不能成为一个真正的人了，而且他也不愿意成为一个人。不过呢，他多么渴望能像别的孩子那样玩耍啊，况且肯辛顿公园又是一个比哪儿都好玩的可爱的地方。鸟儿们经常给他捎来男孩和女孩怎样玩耍的消息，渴望的眼泪便在一瞬间涌上了他的眼眶。

也许你会奇怪，他为什么不游过去呢？原因很简单，他不会游泳。他曾经想学游泳，然而在岛上，除了鸭子，谁也不游泳，而那鸭子又笨得出奇。它们倒是想教他，可是它们只会说："你坐在水上，就像这样，然后你蹬脚，就像那样。"彼得屡次试着照着它们说的做，可是每次还没等蹬脚，他就沉下去了。他真正需要知道的是，

216

到底怎样坐才能在水上不沉下去呢。鸭子却说，这样简单的一件事，根本就没法解释。偶尔，天鹅游到了岛边。彼得心甘情愿地把他整天的食物都奉送给它们，来请教它们怎样坐着在水上。可是，等到他没有食物可赠送时，这些可恶的家伙就朝他发出嘘嘘声，然后扬长而去了。

有一回，他的确以为他找到了一条通往公园的路了。有一个奇怪的物件，就像一张被风吹走的报纸，高高地飘扬在岛的上空，随后就往下坠落，活像一只断了翅膀的鸟那样翻滚下来。彼得吓得立刻躲藏起来。可是，鸟儿们告诉他，那只是一只风筝，又告诉他风筝是什么，还说那风筝一准是从一个男孩手中挣断了线，飞走了。打那以后，鸟儿们就嘲笑彼得，因为他特喜欢那风筝，连睡觉也要把手放在上面。我觉得这很感人，也很美，因为他之所以喜欢那风筝，只是因为它曾经属于一个真正的男孩。

在鸟们看来，这类理由简直不值一提。不过，老的鸟们这时对彼得心怀感激，因为他曾在风疹流行的那段时间精心护理过一帮幼雏。所以，它们就为他表演鸟怎样放风筝。六只鸟把风筝的线衔在嘴里，拽着风筝起飞。彼得惊讶地看到，风筝随着它们飞了起来，飞得比它们还要高。

彼得大声喊道："再来一次！"鸟们就很有耐心地反复了好几次，每次做完，他并不表示感谢，只是喊道："再来一次！"由此可见，他至今也还没完全忘记怎样才是一个男孩。

末了，彼得那颗勇敢的心里开始滋生一个宏伟的计划。他请求鸟们再做一次示范，他自己则抓住了风筝的尾端。一百只鸟衔着风筝线，带着依附在风筝上的彼得，起飞了。他心想，一等飞到公园那边，他就落下，计划就成功了。可是，风筝在空中破裂成碎片，彼得掉进了蛇湖。要不是他抓住了两只恼火的天鹅，命它们把他带到岛上，他就会淹死在蛇湖里了。从此以后，鸟们说，再也不帮他干这种疯狂的冒险事了。

六只鸟把风筝的线衔在嘴里，拽着风筝起飞。彼得惊讶地看到，风筝随着它们飞了起来。

风筝在空中破裂成碎片，彼得掉进了蛇湖。

第二章　画眉的巢

　　雪莱是一位年轻的绅士，他一直长大到他希望自己长到的那个程度。他是一位诗人，而诗人们从来也没有规定必须是地地道道的成年人。他们都是些藐视钱财的人，除了当天所需，他们一概不要多余的。今天，他手里恰好有多余的五镑钱。所以，当他在肯辛顿公园散步的时候，他就把这钞票叠成一只船，放到蛇湖里，任它自由漂流。

　　傍晚时，小船漂到了岛上。守望鸟发现之后，就把它送呈所罗门鸦。所罗门起初以为那不过是一个平常的物件，比如：一位夫人送来的信息，说如果他能给她一个好样儿的娃娃，她将万分感谢。她们老是向他索要最好的娃娃，如果他欣赏那封信，他就会从甲级娃娃中选一个送给她。如果那封信惹他生气，他就会送去非常可笑的一个。有时呢，他一个也不送。有时呢，他甚至会送去一窝。总之，全凭他的情绪好坏。他最希望你听由他来决定。如果你特别提到你希望他这次给一个男孩，他准定又给你送去一个女孩。不管你是一位夫人，还是一个想要一个小妹妹的小男孩，一定要把你家的地址写完整、写清楚。你可能想象不到吧，所罗门曾经把那么多的娃娃送到了不该送的人家。

　　雪莱的小船打开以后，令所罗门大惑不解。于是，他开始向他的助手们咨询。他们在钞票上走了两趟，头一回脚尖朝外，第二回脚尖朝里。他们判定，这准是某个贪得无厌的家伙，想一气儿要五个小孩！他们之所以这样想，是因为那张纸上印着一个大大的五字。"简直荒唐透顶！"所罗门怒冲冲地喊道。于是，他把那纸送给了彼得。凡是漂到岛上的没有用的东西，他一般都会给了彼得当玩意儿。

　　可是，彼得并没有把这张宝贵的钞票当玩意儿。他一眼就看明白这是什么，因为他在做一个普通的男孩的那一星期里曾经观察得十分仔细。他想，既然拥有这么大一笔钱，他就一定能想出办法到公园去。他设想出许多切实可行的办法，决定再（我想，这个决定是很明智的）从里面挑选一条最好的办法。不过，他首先得告诉鸟们那只小船的真实价值。

鸟们虽然非常忠厚老实，没有向他讨回去，可他看得出它们心怀不满，对所罗门也颇为气愤。一向以聪明自居的所罗门，这时只好飞到岛的一头，把自己的脑袋埋在翅膀下，闷闷不乐地坐在那儿。彼得很清楚，除非能得到所罗门的支持，否则，你在岛上是什么事也做不成的。所以，他跟在所罗门后面，想方设法要使他高兴起来。

彼得要博得这位有权有势的老头儿的好感，他所做的当然不止于这一点。要知道，所罗门并不打算终生在位。他计划有朝一日就告老退休，到一处他早就看中的无花果丛中的紫杉木树桩上愉快地度过他的晚年。年复一年，他一直不声不响地积攒着他那只袜子里的收藏品。那只袜子原本是属于某个游泳的人的，给扔到了这个岛上。在我谈到这里的时候，袜子里已经装着 180 撮面包屑、34 枚干果、16 块面包皮、一块擦笔尖的布，还有一根靴带。等到袜子装满时，所罗门合计着他已拥有一笔相当可观的资财，可以退休了。彼得这回给了他一镑钱，那是他用一根尖棍从他的那张钞票上割下来的。

这一来，所罗门就成了彼得永久的朋友。他们两个仔细商量了一阵以后，便召开了一个画眉会议。下面你就会看到明白，为什么只有画眉才被邀请参加这个重要会议会。

向与会者提出的方案实际上是彼得确定的，但主要发言者还是所罗门。因为如果别人发言，他很快就会烦躁的。他一开始就说，他对画眉们筑巢时所表现出来的精巧机智印象颇深。这句话一下子就说到画眉们的心坎儿上了，而这也正是所罗门要达到的目的。这是因为，鸟儿们之间目前的争执，全都是有关筑巢的最佳方式。所罗门说，别的鸟，都忽略了要给它们的巢抹泥。结果呢，它们的巢最后都盛不住水。说到这儿，所罗门高高地扬起脑袋，似乎想说出一句任何人都驳不倒的至理名

他们断定，这准是某个贪得无厌的家伙，想一气要五个小孩。

所罗门一直不声不响年复一年地积攒着他
那只袜子里的收藏品。

言。但不幸的是，一位不请自到的燕雀太太来到了会场上。她尖声讥诮道："我们筑巢，不是为了盛水，而是为了盛蛋。"这么一来，画眉们停止了欢呼。所罗门也大感困惑，他喝了几口水。

"想想看，"他说，"抹泥能使巢变得更暖和。"

"想想看，"燕雀太太辛辣地说，"要是巢里进了水，却流不出去的话，你们的小家伙就会被淹死啦。"

画眉们向所罗门使了眼色，似乎请求他说点什么，以便彻底驳倒燕雀。

可是，所罗门只是又感到困惑。

"再喝口水吧。"燕雀太太不无讽刺地建议。它的名字是凯特，凡是叫凯特的说话都噎人。

所罗门果真又喝了一口水，这一着马上启发了他。他说："如果把燕雀的巢放在蛇湖里，它就会灌满了水，最后还会散了架。可是，画眉的巢在水上，就像天鹅背上的窝窝一样始终是干的。"

听听那些画眉怎样欢声雷动啊！现在，它们终于明白它们为什么要在巢里抹泥了。等到燕雀太太大喊"我们不把巢放在蛇湖上"时，它们就做了一件一开始就应该做的事——把它轰出了会场。从此以后，会场变得秩序井然。所罗门说，之所以召它们来，只是为了这一点：大家都知道，它们的年轻朋友彼得·潘，非常想到湖那边的公园去。所以，他现在提议，在画眉们的帮助下，为他造一只船。

听到这话，画眉们开始不安地唧喳开了，这使彼得很为他的计划担忧。

所罗门连忙解释说，他的意思不是指制作那种人类使用的笨重的船，而只是一个大到能容下彼得的画眉的巢。

可是，彼得仍然苦恼地看到，画眉们依然阴沉着脸。它们抱怨说："我们都忙着呐，这可是一件很费时间、很费力气的大活儿呀。"

"确实是一件大活儿，"所罗门说，"不过，彼得不会白让你们干的。你们一定得记住，他现在可是手头阔绰得很呢，他会付给你们从来没有得到过的高工资。彼得·潘授权于我说，他每天会付给你们六便士。"

这么一来，所有的画眉又都欢呼雀跃起来。当天，它们就开始了造船的大业。实际上，它们把所有的日常事务都毫不犹豫地推后了。这时，本是一年中修补鸟巢的季节。可是，除了这个大巢，没有一只画眉在筑自己的巢。所罗门很快就发现一个问题，从大陆运送必需品的画眉人手不足。那些肥肥壮壮的贪心的孩子，原来还乖乖地躺在婴儿车里。一旦一朝走起路来，它们就跟吹气儿似的胀大起来，长成了年轻的画眉。太太们特别需要这些孩子。那么，你猜所罗门会怎么做？他招来一群麻雀，命令它们在画眉的老巢里下蛋，然后把雏鸟给太太们送去，并对天发誓说那都是画眉！后来，岛上就流传说，那一年是真正的麻雀年。所以，当你在公园里遇上一些喜好吹牛、老把自己说成比实际年龄还要大的成年人时，他们很可能就是那一年出生的。你要不信的话，就去你问问他们。

彼得是一个秉公办事的东家，每天傍晚都会给他的雇员发放工资。它们列队站在枝头，很有礼貌地静候彼得从他的钞票上切下六便士的纸币。接着，他就按名单点名，点到名的画眉就飞下来领取六便士。这景象，可真是奇观。

经过几个月的辛苦操劳，船终于造成了。彼得眼看着它一点点变大，越来越像一个画眉的超级大巢，心里的那份得意就甭提啦！从建船一开始，他就一直睡在船旁，还时常醒过来对它说些温柔甜蜜的话。

等到船舱里全抹上了泥，泥彻底干了，他就总是舒舒服服地睡在船里。他如今还睡在这个巢里，用一种可爱的姿势蜷曲着身子。事实上，那船的大小刚够他像只小猫似的蜷在里面。船的里层是褐色的，外层却多半是绿色的，因为它是用青草和细枝条编织而成的。

如果青草、细枝条枯干了或折断了，船帮将重新用草叶修葺。船上还随处附有一些羽毛，那是画眉们在建船时不慎脱落的。

船建好之后，别的鸟儿甭提多嫉妒啦。它们说，那船不可能平稳地浮在水上的，可是实际上它却就是浮得稳稳当当的。它们又强调说，船里肯定会进水。可事实上，

在公园里会遇到一些喜欢夸
大自己年龄的成年人。

彼得机敏地躲过了桥墩，从桥下安然驶过。

是一滴水也没进去。然后，它们又挑剔说，彼得没有桨。可是彼得说，他并不需要桨，因为他有帆。他一脸得意地拿出一张帆，那是用他的睡袍精心制作的。尽管看上去仍像一件睡袍，但它还是成了一张可爱的帆。

那个晚上，满月当空，所有的鸟都沉沉入睡了。彼得跨进了他的柳条船，离开了小岛。不知怎么回事的，他起初紧握双手，抬头仰望苍天。从那一刻起，他的双眼就一直盯住了西边。

他原先答应过画眉，一开始只在它们的指引下作短程航行。可是，自从他从桥拱下远远瞥见肯辛顿公园在向他招手，他就再也等不及了。

他兴奋得满脸发红，却一次也没有回过头。他的小胸膛里涌起一阵狂喜，驱走了所有的恐惧。在所有向西航行寻找未知的英国航海家中，难道彼得不应该是最不勇敢的一个吗？

起初，他的船转着圈儿，又把他带回出发的地方。他去掉一只袖子，把帆缩短。结果，船很快就漂到很远的岸边。那儿黑影幢幢，不知潜伏着什么未知的危险。他又扯起自己的睡袍，远离黑影。这时，一股顺风把他刮向西边。可是，船走得实在是太快了，险些撞上了桥墩。他机敏地躲过了桥墩，从桥下安然驶过。他喜不自胜地看到，那朝思暮想的最可爱的公园景色尽现眼前。他试着抛锚，却发现锚根本不着底。他想找一处地方系船，却又靠不了岸。他摸索着艰难前行，不料船却触到一个暗礁上。那重重的一个撞击，震得他直接摔出船外，落到水中。直到快要淹死时，他才拼命挣扎着爬上了船。这时，风暴大作，水浪发出了从未听到过的惊人巨吼。他被冲过来冲过去，手脚都冻麻木了。后来，他终于逃过了这场劫难，幸运地进入一个小汊港，船才开始平稳地行驶。

不过，他仍然还要面临严峻的考验。他正打算离船登陆时，岸边围来一群小人儿，阻止他上岸。他们愤怒地冲着他尖声叫嚷，说现在早已过了公园关门的时间。同时，他们挥动着冬青树叶，跃跃欲试。还有一伙人，抬来某个男孩遗留在公园里的一支箭，作为攻城的武器。

彼得很清楚，他们就是传说中的小仙子。于是，他就对他们喊道："我不是一个普通的人，我也无意触犯你们，只想和你们做朋友。不过，我刚经历了生死考验，好不容易找到一处可爱的港湾，就不打算撤离了。"他还警告说，要是他们存心跟他过不去，那对他们没有任何好处。

说着，他就勇敢地纵身跳上了岸。那些仙子们立刻围上来，想杀死他。可就在这时个危急关头，女仙子们惊呼起来，因为她们发现，他船上的帆是一件婴孩的睡袍。就因为这个，她们立刻立时就喜欢上了他，一个劲儿地抱怨自己的裙裾太小，没法把他抱在怀里。关于这一点，我实际上也说不太清楚。我只能说，女人的天性就是这样。男仙子们看到女仙子们的这些举动，也自然收起了武器，因为他们非常推崇女人的智慧。于是，他们把他领到女王跟前。女王很高兴，还以公园净园后的礼节对待他。从此，彼得就能随时到他愿意去的任何地方了。仙子们受命，要让他过得舒适愉快。这就是他第一次航行到公园的整个经过。从话语的古朴程度来判断，你可以推测到，这件事一定发生在很久很久以前。不过，由于彼得也长不大，如果我们今晚凑巧从桥洞下面张望他，我敢说，我们一定会看到，他正在画眉的巢里扬起他的睡袍帆，或者打着桨冲我们驶来呢。在扬帆时，他是坐着的。在打桨时，他是站着的。下面，我就要告诉你他的桨的由来。

早在公园开门以前，他就偷偷溜回岛上，因为他不愿让游人看到他（他不完全是个人）。因此，他有好几个小时可以玩。他一旦玩起来，就完全像个真正的孩子，至少他以为是这样。不过，遗憾的是，他的玩法常常不对头。

你瞧，并没有人详细地告诉他，孩子们究竟是怎样玩的。仙子们在天黑前多半已藏匿起来了，他们什么也看不到。至于鸟儿们，虽然它们到时候会自以为告诉了他一切，其实它们知道的东西本来就少得可怜。它们把捉迷藏的事告诉了他，他就时常独自一人玩捉迷藏。

可是，就连园池里的那些鸭子也根本没法向他解释，为什么男孩们都会对园池那么着迷。一到夜晚，除了扔给它们的蛋糕的具体数目，鸭子们早就把白天的事全

仙子们在天黑前多半已藏匿起来了。

忘光了。它们都是些心情忧郁的动物，总是感叹如今的蛋糕已不像它们小时候那么好吃了。

这样一来，彼得就得亲自去弄清许多事情。他时常在园池里玩小船，不过他所说的船仅仅是一个在草地上找到的铁环而已。自然，他确实从来没有见过什么铁环，更不知道该怎么玩。于是，他就认定应该把它当船来玩。这铁环一放进水里，总是马上就沉了下去。于是，他就立即潜入水中，把它捞上来。有时，他沿着池边开心地拽着它跑，得意地以为他已经发现了男孩们怎样玩铁环。

又有一回，他找到一个不知什么孩子乱扔的小桶。他以为那是给人坐的，于是就使劲儿坐了进去，以致险些卡住而出不来。又还有一回，他找到一个气球。那气球在小丘上蹦来蹦去，仿佛自个儿在自娱自乐玩游戏。他兴奋地追了好一阵，最后才把它抓住。最初，他以为那是一个球。听杰尼鹪鹩说，男孩子老爱玩踢球。于是，他便给了它一脚，过后那气球竟然一下子就消失了。

他所能找到的最令人吃惊的东西，或许就是那辆婴儿车。它是放在一株椴树下的，靠近仙女王冬宫的大门口。这冬宫位于一圈77株西班牙栗树当中。彼得小心翼翼地走近婴儿车，因为鸟儿们从来没有向他提起过这种东西。他担心它是活物，就客客气气地对它说话。见它不搭理自己，他就走近过去，小心地用手去摸。他轻轻地推了推，那车就自动离开他往前走。这又使他认为，它还是活的。不过既然它已离他而去，那就不用怕它了。于是，他就伸手把它往自己这边拽。可这回不一样了，它竟然径直冲他奔来。他不禁大吃一惊，迅速跃过栏杆，飞跑着上了船。

当然，你可别因为这件事就认定彼得是个胆小鬼。第二天晚上，他又勇敢地回来了。他一手捏着一块面包皮，一手握着一根木棍。可是，那辆婴儿车却不见了踪影，他也再没看到另外一辆类似的车。

我答应过，要告诉你有关他的桨的事。那是一把孩子的小铲，是他在高弗泉那儿无意中找到的。他以为，那就是一把桨。

既然彼得·潘犯了那么多的错误，你觉得他怪可怜吗？如果你这样想，那我认为你够愚蠢的。当然，我的真实的意思是，咱们有时候是应该可怜他。可是，如果无论什么时候都可怜他，那也太冒失了。他自己觉得，在肯辛顿的时光是他经历过的最美好的时光。所以说，一个人自认为得到了什么，就会和实际上得到什么一样美好。他整天玩个不停，而你呢，只是浪费时间，充当疯狗或充当玛丽·安尼什。他不可能这样玩，因为他从来没听说过他们。那么，难道你认为他因此就很可怜吗？

实际上，他真的很快活！他比你快活得多，就像你比你的父亲更快活一样。有时候，他会快活得像只飞旋的陀螺，干脆就倒在地上。你是否见过一只赛狗跃过公园的围栏？彼得正是那样跳过围栏的。

再来听听他的笛子的乐声吧。一些绅士走着回家，后来给报纸写信说，他们听到公园里有夜莺在鸣唱。其实，他们听到的是彼得的笛声。自然啰，他并没有妈妈。这似乎有点遗憾。可是，妈妈对他来说又有什么用呢？你也许会因此而可怜他，不过你也不必替他伤心，因为下面我就要告诉你，他是怎样回去看望妈妈的。不用猜，正是仙子们给了他这个机会。

第三章　公园关门的时候

要想了解仙子们，真是难上加难的事情。唯一有把握的是，哪里有孩子，哪里就有仙子。在很久很久以前，孩子们是被禁止去公园的。那时候，公园里连一个仙子也没有。后来，不知怎么就准许孩子去公园了。

就在当天晚上，仙子们就成群结队地拥进了公园。他们都禁不住要跟随孩子们进去。可是，你平时却很少见到他们。一方面是因为，他们在白天往往待在栏杆后面，而你是不会被允许去那边的。另一方面是因为，他们都狡猾得很。不过，在公园净园以后，他们就半点也不狡猾了。而在净园之前，好家伙！

在他们认为你没有张望时，他们会欢快地蹦来蹦去。

当你还是一只鸟的时候，你肯定最熟悉仙子。在婴孩期，你记得好些关于仙子的事。可惜，你没法把它们写下来。渐渐地，你就全部忘记了。我听说，有些孩子愣说他们从没见过一个仙子。你不要以为他们说假话。当他们在肯辛顿公园说这话时，很可能他们正两眼直勾勾地瞪着一个仙子哩。他们之所以会上当受骗，是因为那些仙子会乔装成别的什么东西。这就是仙子的一大诡计。他们通常会装作是花。仙子的宫殿往往坐落在仙子盆地，那儿的花多着哩。沿婴孩径的两侧花也很多，在那儿一朵花是最不惹眼的东西。他们的衣着也跟花儿一样，并随着季节而更换。在百合开花的季节，他们穿着白衣。在蓝铃花开花时，他们就穿蓝衣，诸如此类。他们最喜欢的是报春花和风信子开花的季节，因为他们偏爱绚丽的颜色。至于郁金香嘛，他们总是嫌它太艳，所以有时会推迟穿得像郁金香。所以，在郁金香开花的那几周的开头，是最容易捉到他们的，原因就在这里。

在他们认为你没有张望时，他们会欢快地蹦来蹦去。如果你四处张望，他们怕来不及躲藏，就会站定不动，装作是花。等你走了过去，没有发现他们是仙子，他们就飞奔回家，向母亲详细叙说他们经历了的那样一场虚惊。那个仙子盆地，你该记得，是覆满了地面常春藤的，里面全是花。那多半真的是花，但也可能有些是仙子。事实上，你是难以分辨的。不过，我们还是有一个好办法，就是你一边走一边眼睛望着别处，然后猛地转过脸来。还有一个好办法，大卫和我有时就常常这么做，那就是目不转睛地盯着他们看。只要盯的时间一长，他们就忍不住要眨眨眼睛。这时，你就知道他们就是仙子了。

沿婴孩径一带也有许许多多的仙子。那是一处典型的雅境，凡是仙子常去的地方都叫雅境。有一回，24 个仙子经历了一场前所未有的特殊险情。她们都是寄宿学校的女孩子，正由女教师领着外出悠闲地散步。她们全都穿着风信子的衣衫。突然间，那女教师用手指贴在唇上。于是，他们全都一动不动地站在一个空花坛上，佯装是风信子。很不幸的是，女教师听到的是两个园丁的声音。原来，他们是要在那个空花坛里栽上新花。他们来的时候推着一辆手推车，车里满载着各种各样的花。

如果你四处张望，他们怕来不及
躲藏，就会站定不动，装作是花。

当他们看到这个花坛里已长满花时，非常惊讶。一个说："把这些风信子全部铲掉的话，实在是太可惜了。"另一个说："可这是公爵的命令啊。"于是，他们不再犹豫，把车上的花全部倒出来，又掘出整个寄宿学校，把那些可怜的吓坏了的小家伙排成五行装进了车。当然了，不管是女教师还是女学生，谁也不敢泄露说出自己就是仙子。于是，她们就给推到一个存放花盆的棚子里。夜晚，她们全都光着脚逃了回来。家长们为了这事闹翻了天，这所寄宿学校也因此垮掉啦。

说到仙子的住宅，要想准确地找到它们是不大可能的，因为它们和我们的房子正好相反。要说我们的房子，你在白天看得见，在夜里看不见。但他们的房子，你却能在夜间看见，因为它们有着夜的颜色。事实上，我还从没听说过谁能在白天看到夜的颜色。这当然不是说，他们的房子全是黑色的，因为夜也像白天一样，自有它的色彩，而且还要鲜明得多。他们的蓝色、红色、绿色和我们的完全一样，但不同的是他们的颜色背后能够发光。他们的王宫整个是用五颜六色的玻璃制作造成的，可说是所有皇家宅邸中最可爱的宫室。可是，女王有时也会抱怨说，老百姓老是从外面向里窥望，偷看她的一举一动。要知道，仙子们都是一些非常好奇的人。他们偷看时，总是把脸紧紧地贴着玻璃，以致他们的鼻子多半是翘的。

整个街道有几英里长，弯弯曲曲的，两边还有许多用鲜艳的绒线编织的小道。鸟儿们不时来偷取这些绒线，以便带回去筑巢。后来，就在小道的另一端加派了一名警察守卫。

严格说来，仙子和我们之间的最大区别是，他们从来不做什么真正有用的事。当第一个婴孩第一次笑出声时，他的笑就在瞬间碎裂成一百万片，全都向四处蹦跳。实际上，仙子就是那么来的。他们看起来似乎忙得不可开交，根本没有一刻空闲似的。如果你要问他们在干什么，他们也许压根儿就回答不上来。他们非常无知，所做的一切充其量也只是在装样子。

他们有一个邮递员，可他除了在圣诞节带上小盒子之外，从不上门服务。他们也有漂亮的学校，却什么课程都不设置。那个最小的孩子是举足轻重的首要人物，总是当选为女主人。当她点名叫号时，他们全都出去散步，可是却再也不回来了。特别值得我们注意的事是，在仙子家庭中，最小的孩子总是主要人物，在一般情况下，总会成为王子或公主。孩子们都记住了这一点，以为在人类家庭中也应如此。所以，当他们偶尔撞见母亲偷偷摸摸地在摇篮上安装新的褶边时，他们的心里总是不大自在。

你也许曾经观察到，你的小婴孩妹妹要做许多大人不让她做的事。比如，该坐的时候她站着，该站的时候她坐着，该睡的时候她醒着，穿着最漂亮的衣裳在地上爬，等等。一般人都会认为，她这是淘气。可是，你完全错了。这只是因为她在依照她所看到的仙子的举动在学着做。一开始，她总是学着仙子的样子在做，大约要过两年，她才会按照人类的样子慢慢去做。她那一阵阵大哭大闹，你瞧着似乎怪吓人的，还以为是出牙期的特殊表现呢。其实，根本就不是那么回事。那是她自然流露出来的愤怒，因为她是在说一种明明白白的话，而我们却偏偏听不懂。当然了，相对而言，母亲们和保姆们会比其他人更早懂得她的意思。好比说，"咕奇"就是"马上给我"的意思，"哇"就是"你为什么戴这么一顶滑稽的帽子"的意思。这是因为，她们和婴孩几乎整天都待在一起，多少能听懂一些仙子的话。

最近，大卫用手摁住太阳穴，使劲回想仙子曾经说过的话。值得庆幸的是，他想起了不少仙子的词句。这些我以后会讲给你听的，如果我没有忘掉的话。那些词句是在他还是一只画眉的时候就听到的。我提醒他，他想起的也许是鸟语。他坚持说不是，因为这些词句都与玩耍和冒险有关，而鸟儿们除了筑巢外，什么都不谈。他记得清清楚楚，鸟儿们老是从一处飞到另一处，就像今天的太太们逛商店一样，仔细观察各色各样的巢，然后说："这个颜色根本就不对我的口味，亲爱的。"或者是："要是把那个加上一副软衬里，你觉得怎么样？"或者是："这个经久耐用吗？"或者是："修整得太马虎了！"诸如此类。

仙子们是特别擅长跳舞的。所以，婴孩们示意要你做的第一件事就是为他们跳舞，而你一跳舞，他们通常就会叫嚷。仙子们一般在露天里，在一个所谓的"仙人

这些诡计多端的仙子有时就
会擅自把布告牌改动一下。

当女王陛下想要知道是什么时间时，侍从长就吹一下蒲公英。

仙子特别擅长跳舞。

圈"里举行盛大的舞会。几个星期以后，你就能看见草地上的那个十分明显的圈儿了。实际上，跳舞开始时，并没有那个圈儿。后来，他们团团转地跳着华尔兹舞，圈子就逐渐出现了。有时，你会发现圈子里有蘑菇。这个不奇怪，那是仙子们的椅子，散场时可能仆人忘了收走。那些椅子和圈儿，是那些小人儿留下的唯一的暴露自身身份的特殊标记。要不是他们那么爱跳舞，一直跳到公园开门的那一刻，他们准会把这些标记都去掉的。大卫和我有一回发现了一个仙人圈，还冒着热气呐。

不过，也不是完全没有办法，事先就可知道要举行舞会。你应该见过那些通知游客公园什么时候关门的布告牌吧？好啦，在开舞会的晚上，这些诡计多端的仙子有时就会擅自把布告牌改动一下。

比如说，把公园关门的时间由 7 点改成 6 点半。这样一来，他们就可以提前半小时开始举行疯狂的舞会了。

在这样一个美好的夜晚，如果我们能像有名的梅米·曼纳林那样留在公园里，我们就一定能看到赏心悦目的美景了。成百的可爱的小仙子急匆匆地赶去参加舞会，已婚的仙子则把结婚戒指箍在腰上，男士们全都穿着制服，极有风度地牵着女士们的长裙，联络员们跑在前面，提着冬樱桃，那是仙子的灯笼。她们在衣帽间换上银色的高跟鞋，存上自己的包。花儿们从婴孩径那边鱼贯而来，争相要过来瞧个热闹。它们总是受欢迎的，因为可以借给一只发卡什么的。在晚宴的长桌上，麦布女王自然居于首席。她的椅子后面立着那位侍从长，手里举着一朵蒲公英。当女王陛下想要知道是什么时间时，他就吹一下。

台布随着季节的变化而变化。在五月间，台布是用栗子花做成的。在一般情况下，仙仆们是这样干活的：几十名男仆爬上树，摇晃着树枝，花儿像雪片般坠落下来。然后，女仆们就用她们长长的裙子拂扫着花瓣，最终扫成恰如一张台布大小的模样。台布就是这样做成的。

是的，他们有真正的玻璃杯，还有三种酒，即黑刺李酒、莓子酒，由女王来亲自把盏斟酒。可是，由于酒瓶太重了，她只能装作斟酒的那个样子。接着，先上来

联络员们跑在前面，提着冬樱桃，那是仙子的灯笼。

一开始，他们确实都挺讲礼貌的，就连咳嗽时也将脸朝着桌子外。

的是黄油面包，它的大小和三便士硬币差不多。最后上来的是蛋糕，非常小，小到没有碎屑。仙子们围成一圈，都坐在蘑菇上。一开始，他们确实都挺讲礼貌的，就连咳嗽时也将脸朝着桌子外。

可是，过不了多久，他们就不那么讲礼貌了，而是毫不犹豫地把手指伸进黄油里。那些实在讨厌的家伙竟然还爬到台布上，用舌头去品尝各种美食。女王看到这一情景，就示意仆人们赶紧清洗台布，收拾桌面。然后，每个人都去参加舞会。女王走在前面，侍卫长走在她身后，还提着两只小罐子。一只罐子里盛着桂竹香汁，另一只罐子里则盛着所罗门印章汁。据说，桂竹香汁能使那些晕倒在地的跳舞者恢复神智。至于所罗门印章汁，则是专门涂抹伤口用的。事实上，仙子们很容易受伤。当彼得越吹越快时，他们踩着拍子跳，没完没了，直到晕倒。不用我说，你也知道，彼得·潘是仙子们的乐队。他坐在圈子中，显得异常兴奋。如果少了他，仙子们简直没法想象能有一场精彩的舞会。在真正上流人家发出的请柬的角上，无一例外地都写着 P.P（彼得·潘的缩写字母）的字样。仙子们都是一些知恩必报的小精灵，在为公主成年举行的舞会（他们每个月过一次生日，过第二个生日时就算是成年了）上，他们允许彼得有一个心愿。

那是必须通过这样一种程序来完成的：女王首先命彼得跪下，当众宣布，由于他吹得如此美妙，她允许他有一个心愿。于是，仙子们全都围上来，想要听听彼得的心愿究竟是什么。可是，过了好半晌，彼得还在犹豫着，因为连他自己也闹不清自己究竟想要什么。

"如果我愿意回到母亲身边，"最后他说，"你们能允许吗？"老实说，这个问题使他们很为难。如果允许他回到母亲身边，他们就会失去他的音乐。所以，女王颇有些不屑地翘起鼻子说："提一个比这大得多的心愿吧。"

"难道我这个心愿还很小吗？"他问。

"小得就跟这一样。"女王把两手靠得很近很近。

"那么，大心愿到底有多大？"他问。

仙子没完没了地跳舞，直到晕倒。

她用手在裙子上量出一个长度，对于他们来说，这是相当长的一个尺寸。

于是，彼得想了想说："那好吧，那我就提两个小心愿，而不是提一个大心愿。"

自然了，仙子们不得不同意，尽管他的机智颇令他们震惊。他说，他的第一个心愿是去找母亲。但是，如果对她感到失望，他有权回到公园。至于第二个心愿，他暂且不提。

为此，他们试图劝阻他，甚至对他设置过不少障碍。

"我完全可以使你有能力飞回去，"女王说，"可我没法替你开门呀。"

"当我飞回去时，窗子一定会是开着的，"彼得自信地说，"妈妈总让窗子开着，为的就是盼着我飞回去。"

彼得是仙子们的乐队。

彼得在大伙儿的帮助下，学会了飞行。

"你怎么知道的？"他们惊讶地问。确实，他怎么知道的？这个问题就连他自己也说不上来。

"反正我就是知道！"他说。

既然他一心要提这个心愿，他们也只好答应他。接着，他们是用这样一个办法来帮助他拥有飞行能力的：大伙儿同时胳肢他的肩膀，他马上就会感到那地方痒得好滑稽，然后他就腾空而起，越飞越高，飞出了公园，飞过许多屋顶。

这次飞行是那么愉快，他没有直接飞往自己的家，而是绕道越过圣保罗大教堂，兴致勃勃地飞到水晶宫，沿着泰晤士河和摄政公园飞回来。等他飞到他母亲的窗前时，他已经下定了决心，第二个心愿将是变成一只鸟。

窗子开得大大的，正像他所坚信的那样。他飘了进去，看见母亲正在睡觉。彼得轻轻地降落在床脚那头的木栏杆上，仔细凝视着自己的母亲。她躺着，一手托头，枕头中央的凹陷就像一个巢，铺满栗色的鬈发。虽然他久已忘记，可现在却在一刹那就回想起来了。她总是在晚间散开她的头发，她的睡衣的褶皱是多么可爱啊！他真高兴，有这么美丽的一个母亲。

不过，她的脸上露出深深的愁容，他当然知道她为什么面露愁容。她的一只胳臂挪动了一下，似乎想去搂抱什么。他完全清楚，那手臂想要搂抱的究竟是什么。

"妈妈呀！"彼得自言自语，"如果你知道现在是谁坐在你床脚的栏杆上啊……"他轻柔地拍着她的脚形成的小突起，从她脸上，看得出她很喜欢。他知道，只要轻轻地叫一声"妈妈"，她就会立刻醒过来。只要呼叫们的名字，母亲们总会立即醒来。然后，她会大喊一声，紧紧地把他搂在怀里。那时，他将是多么愉快啊！不，那对她来说，才是莫大的欢欣。我估计，彼得就是这样想的。他毫不怀疑，回到母亲身边，将会给母亲带来一个女人所能得到的最大快乐。他想，妈妈有一个自己的小男孩，世上就没有比这更美好的了。事情也的确如此。

但是，为什么彼得久久地坐在栏杆上默默不语？他为什么不立刻告诉母亲他已经回来了？

其实，我恨不能避开真话不讲，但我又做不到这一点。那就是，他坐在那儿，心里七上八下，有点举棋不定。有那么一阵子，他渴望地望着母亲。另一阵子，他又渴望地望着窗口。再做母亲的小男孩，对他来说当然是乐事一件。可是，反过来，在公园里的时光又是何等美好啊！再说，他是不是有把握，愿意再穿上衣裳？他直接从床上跳下来，打开了几个抽屉，翻看着他的那些旧衣裳。那些衣裳都还在，可他已想不起该怎样穿了。好比说，那些袜子究竟是穿在手上还是穿在脚上？他正试着想把一只袜子往手上穿，忽然出现了一大险情。或许是抽屉嘎吱响了一声，母亲立刻就醒了。他听见她温柔地说了声"彼得"，那似乎是英语中最可爱的字眼。他坐在地上一动不动，屏住呼吸，心里还在纳闷，不清楚她是怎么知道他回来了。如果她再说一声"彼得"，他就会喊着"妈妈"，向她奔去的。可是，她没有再说什么，只是发出轻微的呻吟。等他凑近窥看时，发现她已再度睡着了，脸颊上还挂着泪珠。

彼得心里很不是滋味。你猜他所做的第一件事是什么吗？他坐在床尾的栏杆上，用他自己的笛子吹出一首优美的安眠歌。这是他仿照她妈妈说"彼得"时的腔调，自己创作出来的。他一直不停地吹，直到她妈妈的脸上露出了快乐的神色。

他觉得自己真是太聪明了，恨不得立刻叫醒妈妈，听她说一声"彼得，你吹得实在是太美妙了"！不过，既然她现在心情舒畅，他就又把眼光转向窗口。你一定以为他想飞走，再也不回来了吧。其实，他已差不多决定做妈妈的小男孩了，只是还下不了决心今晚就做。另外，困扰他的是那第二个愿望。他已经不想做一只鸟了，所以没有提出来。不过，不提第二个愿望又似乎有点浪费。如果不回到仙子那里，他就没有机会提出第二个愿望。而且，如果时间拖延太久，第二个愿望也许会变质或失效的。他扪心自问，不向可敬的所罗门说声"再会"，是不是太狠心了呢？"我多想再乘我的小船去航行一次啊。"他渴望地对沉睡的母亲说。他似乎在和她说理辩论，就像她完全听得见似的。"要是和鸟儿们聊聊我的这次奇遇，那该多么美啊！"他哄着母亲说。"我答应过他们要回去的。"他庄严地说，并且打算严格履行他的诺言。

最后，他恋恋不舍地飞走了。有两次，他从窗口飞回来，想亲吻母亲，可是又担心母亲一高兴就会醒来。所以最后，他只是用笛子吹出一个可爱的吻，然后就飞回公园去了。

一连许多夜甚至好几个月过去了，彼得仍然没有向仙子们提出他的第二个愿望。我也不敢说这究竟是为什么，因为我也不知道他为什么会拖延这样久。

一个原因也许是，他要作无数的告别，不但要告别他的特殊朋友，而且要离开他喜爱的成百的地点。然后，他还要作一次最后的航行，再作一次最后的航行，一次最后最后的航行……再说，还有那许多次向他表示敬意的告别宴会。一个让人放心的理由是：毕竟，这事还用不着过分匆忙，因为疼爱他的母亲会永远耐心地等待他的。但最后这个理由，令老所罗门十分不快，因为他觉得这会鼓励鸟儿们办事拖拉。所罗门有好几句绝妙的格言，敦促鸟儿们干活勤快，比如"今天能下蛋，就别拖到明天"，又如"世上没有第二次机遇"等。可是，现在彼得毫不在乎地一拖再拖，却并未受到任何损失。鸟儿们互相指出这一点，便逐渐养成了懒惰的习惯。

不过，请注意，尽管彼得迟迟不走，但他却已下定决心要回到母亲身边去的。最好的证明就是，他对仙子们开始保持十分谨慎的态度。他们急于让他留在公园里，为他们吹奏。为了达到这个目的，他们试着诓骗他说出诸如此类的话："我希望草地不要这么湿才好。"有些仙子跳舞故意不合拍子，目的是想引他说出："我希望你们按拍子跳"。那样一来，他们就会说，这是他的第二个愿望。可是，他早就觉察了他们的诡计。

虽然他偶尔也会说"我希望"，可总是及时地打住，令他们失望万分。所以，最后，当他勇敢地对他们说"我希望永远回到母亲身边"时，他们只得胳肢他的肩膀，让他飞走了。

他终于急匆匆地去了，因为他梦见母亲在哭泣。他知道，她之所以哭，并非为了什么别的大事，而只要她的那个了不起的彼得把她一抱，就能使她破涕为笑。啊！他对这一点始终确信不疑。这一回，他是那么急于偎依在母亲怀里，径直就飞往他家的窗子。他知道，那窗子永远是为他敞开着的。

然而，窗子是关着的，而且装上了铁护栏！从窗口向里窥望，他看到母亲正在安然入睡，一只胳臂正搂着另一个小男孩。

愤怒的彼得喊道："妈妈！妈妈！"可是，她根本听不见。他用小拳头使劲地捶打着铁护栏，却无济于事。他只得委屈地抽泣着，缓缓飞回公园，从此再也没有见到过他的亲人。想想看，本来呢，他还想给母亲当一个多么神气的儿子啊！唉，彼得呀！我们这些往往铸成大错的人，当第二次机会到来时，我们总是会有截然不同的做法！然而，所罗门是对的——对多数人来说，第二次机会其实是不存在的。不要一味等待、推延，否则，我们来到窗前时，就已经是"闭门"的时候了。那坚固的铁护栏永远封闭了充满希望的窗口。

图书在版编目（CIP）数据

彼得·潘 ／ （英）巴里著；姜浦译．
—北京：北京联合出版公司，2011.12
ISBN 978-7-5502-0426-3

I.①彼…　II.①巴…　②姜…　III.①童话－英国－近代
IV.①I561.88

中国版本图书馆 CIP 数据核字（2011）第 260527 号

彼得·潘

作　　者：詹姆斯·巴里
丛书主编：黄利　监制：万夏
选题策划：紫图图书 ZITO®
责任编辑：史媛
特约编辑：胡金环　高婷婷

北京联合出版公司出版
（北京市朝阳区安华西里一区 13 号楼 2 层　100011）
北京瑞禾彩色印刷有限公司印刷　新华书店经销
132 千字　787 毫米 ×1092 毫米　1/16　15.75 印张
2012 年 2 月第 1 版　2012 年 2 月第 1 次印刷
ISBN 978-7-5502-0426-3
定价：29.9 元